在山 那边
mountain

蒋韵 著

上海文艺出版社

图书在版编目（ＣＩＰ）数据

在山那边 / 蒋韵著. -- 上海：上海文艺出版社，
2025. -- ISBN 978-7-5321-9176-5
Ⅰ. I247.5
中国国家版本馆CIP数据核字第2024CE2937号

责任编辑：张诗扬　吴　旦
封面设计：山川制本workshop
封面插画：Lisk Feng
内文制作：丝　工

书　　名：在山那边
作　　者：蒋韵
出　　版：上海世纪出版集团　　上海文艺出版社
地　　址：上海市闵行区号景路159弄A座2楼 201101
发　　行：上海文艺出版社发行中心
　　　　　上海市闵行区号景路159弄A座2楼206室　201101　www.ewen.co
印　　刷：苏州市越洋印刷有限公司
开　　本：889×1194　1/32
印　　张：9.75
插　　页：5
字　　数：172,000
印　　次：2025年4月第1版 2025年4月第1次印刷
ＩＳＢＮ：978-7-5321-9176-5/I.7206
定　　价：68.00元
告　读　者：如发现本书有质量问题请与印刷厂质量科联系　T: 0512-68810628

目录

楔子 1

一 缘起 5
二 出走 17
三 晓山 35
四 南方 57
五 恶黑 63
六 客人 75
七 良辰美景 97
八 入侵者 105
九 最后时刻 121
十 老蜜蜡 131
十一 老夫妇 147
十二 流星之吻 167
十三 父母爱情 191
十四 聚会 209
尾声 青山常在 235

附录 青山栈故事汇 240

楔子

青山栈是个民宿，藏在山里。山不是名山，附近也没有名声显赫的景点，所以，青山栈一年四季并没有太多客人。

显然，经营者也不靠这个偏远的客栈谋生。老板是城里人，几年前，他来这山区看朋友，在闲逛中，偶然闯入了山根下这处野草丛生荒颓的院落。院子不小，前后两进，周围没有人家，和村庄隔了一条河。院子虽是败落的院子，可是残破的、带柱础出檐的青砖老建筑，在蒙蒙细雨中，让他没来由地动心。他对同行的朋友说："好院子啊。"

朋友说："那就租下来呀。"

河对岸的村庄里，住了几个画家，朋友是其中的一个。他长租了一处农家院，一年中，会有几个月的时间住在这里写生、画画。他把这种生活方式叫作"透析"，换血。朋友说：

"哥，你只要租下来，后面的一切我包了，我负责给你找人设计、改建。"

朋友叫陈嘉树，是个爽快人，古道热肠，天性喜聚不喜散。自从租下那处农舍，他就开始呼朋唤友，想多召来几个厌倦了城市樊笼生活的同道中人。宋楚鸣身处商海，做投行，活得跌宕起伏轰轰烈烈，可是人却少有的清爽。尽管如此，陈嘉树也不过是一时冲动，说出了这番话，原本并没有太当真。不想，宋楚鸣当真了。

宋楚鸣说："嘉树，你能想办法找到房主不能？"

陈嘉树大喜，说："你真想租啊？"

"想。"宋楚鸣回答。

"太好了太好了！哥，我跟你说，你一定不会后悔的，我保证让你爱上这里，我会给你一座最美的乡村别业。你以后每年夏天，可以带晓山姐来这里避暑，哪怕只住几天都值！哎我说，你是不是还要和晓山姐商量一下啊？"

"不用，"宋楚鸣摇摇头，"晓山不在了。"

"啥？"陈嘉树没听明白，"晓山姐不在了？去哪儿了？"

"她走了，"宋楚鸣回答，"嘉树，抱歉没有告诉你，晓山走了。晓山去世了。"

陈嘉树目瞪口呆。

雨声渐渐大了，笼盖了天地。

一 缘起

起初,宋楚鸣只是想给自己找一个隐秘的疗伤之地,并无他想。

他对陈嘉树说:"嘉树,拜托你了。"

陈嘉树回答:"哥,都交给我。"

陈嘉树是个靠谱的朋友,一诺千金,他办事,宋楚鸣一百个放心。除了在二十年租约上亲笔签字这一件事情之外,其余一切,都是陈嘉树一手包揽了。

宋楚鸣说:"嘉树,你那个农家院当初怎么做的,你给我拷贝下来就是了。我没要求。"陈嘉树回答:"好。"心里却说:"哥啊,你没要求,我有要求。那么美的一座老屋,毁在我手里,罪过啊!"

于是就请来了米庐。

米庐是陈嘉树朋友的朋友的熟人,拐了七七四十九个弯,很费了些功夫,可是值得。这米庐,年纪不大,却有些名气,在京城延庆有自己的工作室,因为参加过一档旧屋改造的电视节目,出圈了。夏日的一天,他驾着一辆越野吉普,从北京一路轰鸣着开过来,夕阳中,看到苍黑色摇摇欲坠的老宅的第一眼,他就发出一声惊叹:"我靠!——"

第二天,他不要人陪伴,独自一人,在河对岸的村子以及周围的山上,四处转悠。早出晚归,转了三天。三天之后,他对委托人陈嘉树说道:"你的朋友,真的就只是一个人独居吗?"

那时他们俩,正坐在陈嘉树的农家院里,乘凉对酌吃晚饭。老榆木餐桌摆放在紫藤花架下,桌上摆着瓦罐,瓦罐里是小米南瓜豆角"和子饭",炝了麻油葱花调和。一盘玉米面"摊黄",几盘地里现摘的新鲜菜蔬,一钵红烧黑猪肉。都是农家菜,酒却是好酒:二十年青花陈酿"老白汾"。晚风中,酒香如幽魂四散飘荡。

三杯酒下肚后,米庐忽然这样开口发问。

陈嘉树不知道,从这一刻开始,事情悄然起了变化。

"对呀,"陈嘉树抿了一口酒回答,"是一个人独居。"

"他是个艺术家?画家?想在这里做工作室?"

"不,不是,"陈嘉树摇头,"他只是想找个安静的地方躲躲。他活得太热闹了,累。"陈嘉树想想,想出一个词:"归隐吧。"

其实他是想说,疗伤。他眼前闪过宋楚鸣隐忍、克制的脸,不过他不能对一个无关的人说出这种矫情的词。

"好可惜呀。"米庐慨叹,"这么大一处院子,一个人住，太浪费了呀。"

"那还能怎么样？请人来同住啊？他本来就是图安静，想过几天不被俗世打扰的清净日子，莫非要建个大会所才不浪费？"

"当然不是会所，"米庐认真地说，"但是可以建个客栈、民宿啊。"

陈嘉树愣怔片刻，笑了。

"你开玩笑吧？"

"不，我说真的。"米庐回答，"你可以给你的朋友建议建议。"

"笑话，我朋友开客栈？你知道他是干什么的？"

"先不管他干什么，你听听我的想法，行吗？"米庐双目炯炯地望着他，诚恳地说，"你说了，这个地方，你朋友只是偶尔来小住几天，对吧？对他来说，这里就是一个度假的别墅，是不是？好，我把它做成一个客栈。这个客栈，平时不用他操心，完全可以请人来替他打理经营，需要的话我也可以帮他找。而我呢，在这个客栈里，可以为他设计一个相对独立的空间。这个空间，包括整套的房间，自己私密的庭院，自己出入的院门，总之他希望的安静、遁世、不被打扰，我都可以满足他。这个属于主人的独立的空间，永远不会被侵占。它永远在那里，虚席以待，等他一年中到来的那仅有的几天。而那个大院子嘛——"米庐闭了下眼睛，想象着阳光下那个荒草萋萋的院落,"那么美的大院子,也不会被埋没掉啊。"

陈嘉树有点被触动了。不是因为他的话,而是,他的神情。这个年轻人的神情之中,有着陈嘉树了解的、热切的东西,真挚而顽强。他忽然想起自己,那一天,背着写生画夹,完全没有预料,无意中闯进了那个被丢弃在老时光中的大院落,夏日阳光下,时光忽然呼呼呼倒流,挟带着风声。一种明晃晃的哀伤,突如其来,灼痛了他的眼睛。他了解那种杀伤力。

"怎么样?"米庐问,"可以跟你的朋友建议建议吗?"

"可是,"陈嘉树定定心,想了想,开口说道,"在这样一个荒山野岭,开一个民宿,谁来住呢?又不是景区,会有客人来吗?"

"那可说不定,"米庐回答,"比如说你吧,你为什么来到了这里呢?你为什么选择了这里做你的工作室?还有你的这位朋友,他又是为什么要租下这个院子?是什么吸引了你们,诱惑了你们?"米庐反问。

"我不一样,我是画家,我用我职业的眼睛发现了这里,我喜欢这山,它和我的创作发生关系,我看山、读山、画山,乐此不疲。"陈嘉树这样回答,"可普通人呢?寻常的旅人、游客,这里有什么足以吸引他们过来,还非要留宿的魅力呢?"

"这我不知道。陈老师，我只是想，这个朴素的地方，那个荒凉的破宅院，它能吸引你们，也应该能吸引别人，比如我。我看见它的第一眼，就被击中了。那种荒凉里，有一言难尽的东西，不仅仅是建筑之美，还有别的，比如，它所依托的这个山脉，这大山……"米庐抬头，一阵山风，拂面而过。他斟满一杯酒，一饮而尽："我地理学得还不错，这条山脉，它绵延四百多公里，存在了亿万年，它有著名的峻岭、雄奇的高崖，有风光秀美的大峡谷，如今作为景区已经广为人知，遗憾的是离这里还远。这里没有那么幸运，一点不著名，貌似乏善可陈。但是，不著名就不美吗？它真是乏善可陈吗？不对，这四百多公里的山脉，存在了亿万年的大山，它的哪一处，没有藏了至深至朴的大美和动人之处？如果说那些峻岭高崖是这条山脉的精华，而这里，以及数不清的和这里一样的沟壑山坡，则是这山脉的躯体、肉身、血管。它们是血肉一体，灵肉一体。那座荒宅，也许，放在别的地方，未必能打动我，但是，在这里，我遇见了它，靠！它当胸就给我一拳！三天转下来，我知道了，震撼了我的，是建筑，更是它的背景：山。山使它不同凡响，给了它类似神性的光亮……这就是此地此景的魅力啊！陈老师，这就是需要你告诉别人的。我不会表达，也许词不达意，可我想你一定懂我意思。"

陈嘉树笑了。他想，真是年轻啊。没想到如今的年轻人中，还有这样的理想主义者。这倒叫他意外。

他也斟满自己的酒杯，又给米庐满上，端起来，说：

"米设计师——"

"叫我米庐。"他打断了他，举起自己的杯子。叮一声，两人碰出了清脆的响声。

"好，米庐，"陈嘉树一口饮干杯中的酒，说，"我懂你意思。只是，我们眼前这山，或者，普天下的山，它的美，它的魅力，它的神性，我又能领略多少呢？你高估我了。我看山，画山，却从不敢说自己懂山。再说，它需要我，或任何一个人类来代言吗？就算我为它代言，又有谁听呢？"他笑笑，"就说脚下这个山村，原先一两百户人家，你看现在还有几个年轻人守在这村子里？神性的大山留不住他们，美留不住他们……再说那些游客、旅人，成千上万，铺天盖地，人声鼎沸，名山大川也好，江河湖海也罢，蜂拥而来，蜂拥而去，你以为他们需要什么？需要懂一座山脉的神性？懂大自然的神性和美？不，他们只需要'景点'，需要标志性的'景点'，打卡、拍照，到此一游，不需要山河的洗礼。说实话，山需要他们不？山同样不需要他们！不需要他们的认可，不需要他们懂或者不懂，更不需要他们的侵犯和骚扰。所以，米庐，这山不需要一个客栈。"

"可是人需要。"米庐冲口而出，"就算山不需要，可这里的人需要。村子里的那些老人、孩子，他们需要。假如有一个不错的客栈，民宿，随便你叫什么，开在这里，开在对面山根下面，就算它没有几个客人，不会有多热闹，可只要有人来，总会聚一点人气，添一点活力，总会给这山村带来一点点改变吧？给孩子们的生活带来一点点改变吧？"许是酒的缘故，他看上去突然有些激动。

陈嘉树沉默了。这个理由，是他不能，也不忍一口拒绝的。沉吟良久，他说："好吧，我可以把你的想法转达给我的朋友，给我点时间。"

"太好了！"米庐笑了，洁白的牙齿在风灯下一闪，"陈老师，你觉得我很轴，很奇怪吧？"他笑得像个孩子，"我自己也觉得我奇怪，非要忽悠人家去干一件没有利益的事情。"

"还涉嫌道德绑架。"陈嘉树笑着回答。

米庐没有反驳。

假如，一个人，要靠开民宿谋生，米庐一定不建议他把民宿开在这样一个地方，这样一个清冷的山根之下，那注定是一桩赔钱的生意。谁敢冒这么大的风险？可陈嘉树的那位朋友，不一样呀。他是有钱人，租下这么有岁月的、美而荒凉的老宅院，这么宽敞的大院落，费心费力改造了，却任由它闲置在那里，不过是一年里有几天来度个假，避个暑，独自一人，或是呼朋唤友，体验两天闲适优雅的田园生活，这也未免太浪费太奢侈了点吧？米庐不甘心。他觉得这是——暴殄天物，是傲慢，太对不起这沧桑的老屋，对不起这山，也对不起自己的心血。这些有钱人呀！

"就算是吧。"他笑了，"不过，陈老师，你平心而论，照我刚才说的方案，让它兼做一个客栈，对你朋友来说，有什么损失吗？"他望着陈嘉树，"我认真想过这个问题，也算过一笔账。你看啊，房子改建好了，院子修好了，怎么办？总需要找人看院子打理吧？你朋友偶尔来这里小住，也要找个给他做饭的人吧？我猜他是不会自己做饭的。你看，就算房子闲置着，他也需要维护的开销不是？否则房子荒在那里就废了。所以，兼做客栈，也不过就是雇两三个人而已呀，并不需要他额外再支出太多。反正他也不靠开客栈赚钱谋生，一年四季，有没有客人，有几个客人光顾，在他，都无所谓，不会给他增加不必要的压力。而这里，这山村，有一座客栈，或者民宿，却总归是不同啊，至少是一种改变。陈老师，就算你朋友他做公益了。"

山村很静。只有虫声，和远处河边的蛙鸣。太阳能的风灯，一盏，两盏，三四盏，悬挂在藤萝架下、屋檐下、院子里高高低低的树杈上。一阵风吹过，它们一晃一晃，在青砖满铺的地面，投下花树的影子。陈嘉树静静地，听米庐长篇大论，竟听进了心里去。他想，也许真的可以跟宋楚鸣谈谈这异想天开的想法了。

那一晚，他们喝了两瓶老白汾，喝得很尽兴。喝到最后，米庐都断片儿了。米庐不记得自己后来都说了些什么。酒使他恣情肆意。他最后的记忆是，自己大着舌头，对陈嘉树说：

"不是，陈老师，我们怎么就一定认为，不会有游客呢？'杏帘招客饮，在望有山庄'，你得高高挑出杏帘不是？没有杏帘，当然不会有客人啊。"

陈嘉树说："这不重要。"

米庐问："那什么重要啊？"

陈嘉树没有回答。他抬头望向夜空，说实话他也不知道重要的是什么。他只知道，他一向尊敬、视为兄长的那个人，心里空了。

他知道他们伉俪情深。

第二天，酒醒了，陈嘉树才感到了为难。

山里的早晨，即使是盛夏时节，也是凉爽的。米庐要启程回京了。米庐说："陈老师，我回去先把初稿设计出来，发给你。"

"别别别，米庐，你还是先等我消息。"陈嘉树急忙打断了他，"别做无用功。"

"好，"米庐回答，"希望是好消息。"一声轰鸣，吉普车绝尘而去。

陈嘉树犹豫了两天，思考了两天，终于拨通了宋楚鸣的手机。

没想到，宋楚鸣想了想，一口答应。说："行，就照设计师的意思来吧。"

"设计成客栈？民宿？"陈嘉树确认似的追问了一句，似乎害怕宋楚鸣没有听清楚。

"对呀，"宋楚鸣淡然回答，"他说得不错，我自己一个人，不需要那么大地方，太浪费了。"他顿了一顿，说："按他说的，只要保有我的个人空间就可以了。"

陈嘉树长舒一口气。"哥，你放心，"他说，"这点他会保证的。还有，将来真要开民宿客栈，办手续、找人这类杂事，不用你操心，凡事有我，我在这里盯着，我会搞定一切。你只要到时候来小住就是了。"

宋楚鸣说："嘉树，有你，我何其幸哉。"

二 出走

七月里，最热的时节，客栈落成竣工。

陈嘉树请宋楚鸣来验收。

他开车，走高速，去邻市的机场接楚鸣。只见他拉着一只巨大的行李箱走了出来。

"看来这次是要多住几天了？"陈嘉树一边接过他的行李箱一边问。

"不走了。"宋楚鸣淡淡一笑回答。

"逗我玩儿吧。"陈嘉树笑着说。

等到车平稳地驶上了高速，副驾上的宋楚鸣安静地说道："嘉树，我辞职了。"

"什么？"陈嘉树惊了一下，猛地侧头。

"哎哎，开车，看前头。"宋楚鸣说。

"哥，你没事吧？"陈嘉树定定心，问道，"你真辞职了？"

"辞了。"宋楚鸣回答。

"为什么？出什么事了吗？"

宋楚鸣又淡淡一笑，说："你问我啊？不是你让我开客栈呀？"

"哥哥哥，你别吓我！"陈嘉树语无伦次了，"我没让你辞职开客栈啊——"

"跟你开玩笑。"宋楚鸣看陈嘉树真的急了，伸手拍了拍他的肩膀。

"没辞职吧？"陈嘉树紧张地问道。

"辞职是真辞了，"宋楚鸣回答，"晓山走后，我一直提不起劲来。心里一直很灰，那个家，那个城市，都让我待不下去。"他把戴着遮阳镜的眼睛望向了窗外，"我也不想这样，可是就是不行，再加上工作也很不顺，太多的烦心事……冥冥之中，忽然就遇见了那所破败的老宅院，忽然就遇上了一个爱管闲事的设计师，还有一个不怕麻烦的老友，忽然就有了一个客栈。我就想，怎么这么巧啊？这一切，是不是晓山在冥冥中提醒我，该换一种活法了？"宋楚鸣转过脸，看着陈嘉树，"所以啊，我就辞职了。"

陈嘉树做梦也没想到，一所沧桑的老建筑，一个设计师，还有他自己，合力改变了宋楚鸣的人生。

米庐给了宋楚鸣和陈嘉树一个完美的答卷。

改建后的老宅院，比他们的预期要好太多，完全超出了他们的想象。

没有修旧如旧。前后两进院落中的老屋，都做了革命性的改变。在砖木的结构中，引入了现代建筑的材料和观念。它既是旧的、古老的、上百岁的，同时也是新的、当下和前卫的。当初打动宋楚鸣的那些元素，青砖墙壁、柱础、大屋檐，都在。残破不全的雕花窗棂，也在。准确地说，是部分地在。为了改变老建筑的采光，米庐大量地使用了隔热和保暖的玻璃，以及四白落地的内墙。前一进院落，正房和东西厢房，利用原本的大屋檐高台阶之便，又向前延伸，用防腐木做了半露天大露台。正房五间，西厢三间，共是八间客房，而每一间客房，推开门，都可以来到用木栅分割、独立的露台上，供客人纳凉、休憩、赏月或者听雨听风。三间东厢房，则打掉了所有的隔断，做了一个漂亮宽敞的公共空间，餐厅、茶室、咖啡吧，都在这个共同的空间里，甚至还有一墙壁的书架，顶天立地，原木色，插满了各种书籍，供客人在这里喝茶喝咖啡时随手找本书来阅读。餐桌餐椅、茶桌茶凳，都是质朴、简单、结实且设计合理的原木，而上面的靠垫，则是用了当地家织的鲜亮土布。

院子宽敞、明亮，散落着石桌石凳、木头摇椅、花木架。大门一侧，原先的"倒座房"已经成为废墟，设计者用了巧思，将钢结构和模块，嵌入到了大瓦顶之下。两者的衔接，看上去浑然天成，却又别开生面。里面的墙壁，全部是安装了轨道的原木书架，轨道上面架着取书的梯子。房间中间一张长长的原木桌，两条原木的长凳。它的房门开在外侧，和大门平行。门上有一个木牌，上面写着：青山栈图书室。

米庐说："宋总，事先没跟您商量，这个图书室，我设计它，是对外开放的，对面村里的孩子们，放了学，节假日，都可以来看书。"他说，"我已经订购了一部分图书，我有些做'乡建'的朋友也都准备捐赠一些书。哦，你看，这扇门特意开在外面，孩子们来看书，绝不会打扰到您和客人的。"

宋楚鸣说："小米啊，是不是在你们眼里，我们这些人，除了钱，除了怎么赚钱，就没有我们关心的事呢？"他笑笑，"在这里，能在这山里，给孩子们一个图书室，是多好的事。我没能想到，很抱歉，谢谢你想到了。"他摸摸光洁的书架，说，"书我负责买。不仅是童书，大人看的书也应该准备一些。"

"谢谢宋总，"米庐很高兴，"我猜您也不会反对。要不我也不敢做。"他狡黠地一笑。

"没有宋总了，"宋楚鸣说，"叫我老宋。"

"宋大哥，"米庐说，"您跟我来，看看后院吧，那是我答应给您设计的独立空间。"

穿过一个小角门，是一条石板小径。绿绿的竹子，这里一丛，那里一丛。还有几棵枫树，点缀其中。可想而知，到深秋季节，灿烂红叶会照亮整个院子。除此而外，没有其他多余的装点。对比一年前那座摇摇欲坠的老屋，变化惊人。米庐同样使用了现代的建筑材料和理念，加固和改造了它。那是一种重生似的改造，犹如凤凰浴火。原来的三间正房，被全部打通。他们走进去，发现大厅的一部分是下沉式的。抬头望去，是古朴的人字形屋顶与粗大的、结构美丽的原木梁架。米庐利用了老建筑的层高优势，以及下沉的方法，将整座房子做成了一个 loft。楼下，是高大、明亮、宽敞的公共空间，客厅、餐厅、厨房，以及洗手间，还有一间客卧，一应俱全，足够主人在此招待他的朋友们。一架木楼梯，连接了二楼，或者说，阁楼。那上面，是主人的卧室和浴室，铺了原木色地板，还有一个可做工作间，可做书房，亦可做茶室或者沉思冥想之处的完美空间。米庐说："宋大哥，我个人，最喜欢这个地方。"

倾斜的屋顶之下，一面大大的玻璃窗，引入了盛夏的山景。山峦起伏，郁郁葱葱。米庐说：

"这窗户外面，是四时的山景，春天看山桃花，夏天是满眼的绿，秋天最美，层林尽染，冬天看雪后的山，一片银装，白得耀眼。这是中国建筑的'借景'。"米庐笑笑："宋大哥，我喜欢山。"

"我也喜欢。"宋楚鸣说。

一直陪在他们身边的陈嘉树，这时回头望着宋楚鸣说："哥，怎么样，你满意不满意？我这一直捏着一手心的汗呢，好像高考等发榜一样哦。"

"这么说吧，"宋楚鸣想了想，回答道，"假如我之前对我的贸然辞职还有一些忐忑的话，现在，这会儿，此刻，我觉得，这是我后半生做的一个最好的决定：从旧生活里出走。"他转过脸望着米庐和陈嘉树，说："遇到你们，是我的幸运。"还有一句话，他咽了回去，他想说："这一定是晓山的指引……"

这天晚上，陈嘉树和米庐，都留在了青山栈，他们说是给青山栈暖房。一周前，陈嘉树已经从村里物色了一对夫妻，请他们来青山栈上工。连日来，夫妻俩打扫、清洗、擦拭，到这一天，宋楚鸣的后院已然可以开伙做饭和住人。

晚饭很丰盛。

山蘑菇炖土鸡、鲜蕨菜炒肉、砂锅烩豆腐、地皮菜摊鸡蛋、野菜杂面团子、猪肉野蒜水饺，等等。菜大多是山上的野菜，酒亦是当地的高粱白酒。陈嘉树一边斟酒一边说："哥，今天，是给你接风，给新居暖房，也是给青山栈试菜。"他说："你尝尝看，哪个好吃哪个不好吃，好吃的，就写进咱们青山栈菜谱了。"

"这菜，都是那个大嫂做的？"宋楚鸣问。

"对。她姓何，叫何杏芬。做饭她有家传。她父亲从前就是个有名的掌勺，在四乡八村给人操办婚丧嫁娶的大席，算是门里出身呢。"陈嘉树笑着说。

菜是乡间的粗菜，本色，食材新鲜，味道淳朴可口。他们三人，边吃边喝边聊，谈闲话，也聊正事。

之前，申领民宿开业执照时，宋楚鸣坚持在执照上写下了合伙人陈嘉树的名字，他说：

"嘉树，你要不做合伙人，我可就太无耻了，你这么辛苦，我来摘桃子，你不能这样陷我于不义。"

陈嘉树也没有再多推辞。他责无旁贷。这个青山栈，本来，就是他们人生中的一个意外。反正，无论是他或他，谁也不靠它生存，不指望它赚钱。在宋楚鸣，是想换一种活法；在他，则是不能置身事外，袖手旁观。

"对了，"陈嘉树说，"我请了一个人过来，她在云南那边开民宿，很有经验，刚好她这些日子回老家来了。我约了她明天过来，给我们讲一讲，让何大姐他们夫妻俩也听听。"

"好。"宋楚鸣回答。

"那我们这就算开业了？"

"对啊。择日不如撞日，莫非咱们还要选个黄道吉日？"宋楚鸣笑道。

"那好，那就明天，"陈嘉树说，"明天，青山栈正式营业。"陈嘉树转脸去看米庐，说："米庐，你是我们青山栈的第一个贵宾。"

"我很荣幸。"米庐一脸严肃地回答。

"米庐，"宋楚鸣望着这个忘年交小兄弟，认真地说,"你是青山栈永远的VIP。"

"来,干杯!"陈嘉树举起了酒杯,"满上,为我们的青山栈!"

三个人,三个不同经历的成年人,"砰"一声,碰出了清脆动人的响声。宋楚鸣举杯一饮而尽,对米庐说道:"小兄弟,你知道当初你是怎么打动我的吗?"米庐摇摇头。宋楚鸣笑了:"天真。这个时代稀有的天真。你天真地想说服一个陌生人去做一件没有利益的事情。你对我毫不了解,却居然相信我可以被你说服,这一点,让我震撼。我想,这个年轻人,他哪来这么大的勇气?"

"这需要勇气吗?"米庐问。

"需要。"陈嘉树和宋楚鸣两个人异口同声回答。

米庐愣了愣,笑了。

"我运气好,遇上了两个和我一样天真的人,对吗?"

"好像是。"宋楚鸣回答。

"我这人,像茶叶一样,容易串味儿。"陈嘉树说,"谁让我遇上你俩了呢?想没有情怀都不好意思。"

他们都笑了。

"满上满上!干杯——"陈嘉树喊,"为我们青山栈!为我们人生的意外!"

宋楚鸣有了酒意。这种烧酒,有点上头,却意外地好喝。他答应过晓山,她走后,绝不一个人喝闷酒。晓山说:"我就让你答应我这一件事。你要让我放心啊。"她怎么能放心呢？把他一个人，丢在那个酷热潮湿的城市，那个无比喧哗、繁华、热闹，又刻骨孤独的异乡，他知道她一万个不放心啊，所以他艰难地遵守着承诺。但是今晚可以痛饮，今晚，不是独酌，他有兄弟们陪伴。

"米庐，小米，"宋楚鸣对着米庐举起了酒杯，"我要谢谢你啊，要不是你，我做梦也想不到，我会辞职，我会有个青山栈，会在知天命之年，重新选择做一个自由人——"

"哎哎哎，我呢？吃水不忘挖井人，要不是我，你到哪里去找这么好的地方？"陈嘉树说道，"我才是那个源头啊！"

"嘉树，你，我是不谢的，"宋楚鸣回头望着陈嘉树的眼睛，"你是我的亲人。一直是。对亲人，我说不出那个'谢'字。"

陈嘉树突然眼圈红了。

"哥——"他叫了一声，却什么也没有再说，举了举杯，一口饮干了杯中的烧酒。这一口，他喝呛了，咳嗽了起来，竟咳出了眼泪。

"我其实很好奇，"米庐突然说话了，"宋大哥，你们两个人，既不是同龄人，也不是同行，还不算是同乡，怎么就成了朋友？而且，是这么好的、可以托孤的那种朋友？"

"我哥是我的恩人,"陈嘉树回答,"要不是我哥,我现在就是个盲人。我哥给了我一双眼睛,给了我光明。"

"太夸张了,米庐,你别听他的,这个人说话一向夸张,别忘了他是个艺术家。"

"是真的。"陈嘉树说,"我一点没夸张。你听说过先天性角膜变性没有?"

米庐摇摇头,一脸茫然。

"我就是。"陈嘉树指着自己的眼睛说。

原来,陈嘉树从小眼睛就不好。经常发炎、红肿、流泪,视力也差。他家在农村,穷,孩子多,父亲又去世得早,寡母抚孤,带一群嗷嗷待哺的孩子,顾不到那些细枝末节。眼睛发炎毕竟不是什么要人命的大病。村里的赤脚医生,也不懂那么多,就当是普通的结膜炎、沙眼一类,难受了,给点消炎的药水了事,一年一年,耽误了。后来陈嘉树考上了省城的职业艺术学院,大二那年,眼疾突然发作,来势汹汹,视力急剧下降。无奈,他去了医院看医生,结论是:先天性角膜变性。

那是他第一次听说这个医学术语:角膜移植。

因为耽搁得太久,错过了最佳治疗期。只有接受手术,角膜移植,除此之外,别无他法。

"要是不做手术呢?会怎么样?"陈嘉树问。

"失明。"医生这样回答,斩钉截铁,"小伙子,失明。"

陈嘉树绝望了。

陈嘉树是他们家第一个大学生。寡母抚孤千辛万苦拉扯出来的大学生。他们家，砸锅卖铁，东借西借，给他凑够了第一年的学费。那时，他的姐姐和妹妹，为了供他读书，都出去打工。大姐二姐去了南方的玩具工厂，妹妹进城去给人家当保姆。姐妹们挣的钱，都寄给了这个大学生兄弟，供他交学费，交伙食费，买笔墨纸张、油彩颜料。他花的每一分钱，都是她们的血汗。

他知道，她们拿不出这样一笔昂贵的手术费。

他母亲，他的姐妹，他的亲人们，没有钱给他置换一副新角膜。

她们没有钱，去为二十岁的儿子和兄弟买来光明。

但是他遇见了宋楚鸣。

"米庐，我最绝望的时候，上天让我遇见了我哥——"陈嘉树激动起来。

"我来告诉你吧米庐，"宋楚鸣打断了陈嘉树的话，"别听嘉树的，他的描述太戏剧化。其实都是巧合，我妹妹刚巧是他的老师，我和晓山刚巧在那个时候从南方回来探亲，而我刚巧有个朋友在省城的眼科医院当大夫，最巧的是，奥比斯眼科飞行医院刚好在那个期间，要来那个城市巡回手术。这个飞行医院，就是一架飞机，他们在全球飞行，在很多个城市寻找适合的病例，是一个非营利的机构。我以前也不知道还有这样一个医院，就是现在我也不是很清楚他们的运行机制，但是它刚好在那个时间从天而降。我带着我妹去找我那位眼科大夫朋友，他听我妹说了嘉树的状况，说：'符合条件啊。'就把这个病例优先推荐给了飞行医院。手术非常成功，而且，只花了很少的钱。就是这样，是嘉树运气好罢了。"

"这部分钱，是我哥替我出的。"陈嘉树说。

后来，陈嘉树画了一幅画，是画他手术成功后，除去纱布第一眼看到的那个世界。他用了浓烈的蓝色和金色，极其夸张，却又奇妙地澄澈清新，有一种发自内心的生命的喜悦和宗教的肃穆。他把这幅画送给了宋楚鸣，他给这幅画起名叫《第一天》。

宋楚鸣很喜欢这幅画。

他惊喜地看到了这年轻人的才华。

他们就这样成了忘年交。

起初，陈嘉树叫他"宋老师"，可这个宋老师和那个真正的"宋老师"难以区分，于是，陈嘉树就改了口，叫他"宋大哥"或者"哥"。真正的宋老师，宋楚鸣的妹妹抗议，说乱了辈分。可他们才不管那么多。宋楚鸣对他妹妹说："人家多年父子还能成兄弟呢，我们怎么就不能做兄弟？"

米庐听了这番讲述，郑重地举起了酒杯，说："宋大哥，嘉树兄，能够认识你们，真好。"说完，他饮干了杯中酒。

"米庐，你能不能也告诉我们，你为什么要这么坚持，在这个不是风景区、没什么人来的荒僻的地方，做一个民宿呢？"宋楚鸣忽然这么问。

米庐放下了酒杯，双肘支在了桌面上，低了下头，再抬起来时，眼睛里有隐藏不住的忧伤。

"我是八〇后生人，我应该算是第一代'留守儿童'吧？虽然那时候好像还没这个叫法。"他说，"这个地方，和我老家，很像。我第一天到这里，一个人在后山转，不知道怎么走进一个冷冷清清的村子里，看到一个五六岁的小男孩儿，一个人，坐在树杈上，树下卧着一条土狗。我问那个孩子，我说，你坐在这儿干啥呢，小心摔下来。他说，坐这儿看得远。我没再往下问，我知道他在看什么，我小时候，也总想往高处去，想看得更远一点……一个客栈，算什么呢？什么也算不上，但来来往往的人，毕竟来自外面的世界，那是他们父母打工、生存的地方，就算是一条小沟渠吧？引水入渠，让那个外面的世界穿山越岭流向他们，哪怕只是涓涓细流。是不是特别'中二'？"他看着他们，不好意思地笑笑："这也许一点用也没有。但我就是想，等那个孩子再爬到树杈上的时候，能看到山口里，人来了，人走了，看到这一点点改变，一点点不同。这对他或许有意义，或许根本没有……宋大哥，你说得没错，我很天真。我也不知道这么做是好还是不好，说实话，最初，我是有点负气的,我太喜欢这里,喜欢这个老建筑,我实在不甘心它只能被一个傲慢的有钱人占领。反正,不管初衷是什么,现在,青山栈已经在这里了。"

宋楚鸣笑了。不错,青山栈在这里了。一个年轻的、愤世嫉俗的理想主义者催生了它,这让他隐隐有些激动。在今天之前,他并没有特别认真想过,一个客栈对他人生的意义,对别人的意义。而此刻,他想起了刚才提起的——飞行医院。这么多年,他压根儿没有再想起过它,可是偏偏今晚,它来到了他们的回忆里。宋楚鸣忽然觉得,这或许不是巧合吧,或许,是来自冥冥之中的某种指引,隐喻。

何大姐又端上来一大盘热腾腾的饺子,替换下那盘凉透了的。何大姐说:"来,饺子还是趁热吃好吃。别看是夏天,咱这山里,到夜里还是凉飕飕的。"

"对,尝尝大姐的饺子,"陈嘉树对他俩说道,"大姐拌饺子馅儿,是一绝。"

"宋老师,"何大姐笑望着宋楚鸣,说,"这些都是乡野的粗菜,不知道合不合宋老师的口味?"

宋楚鸣笑了,很认真地对何大姐说:"好吃,大姐,我很喜欢。以后,有了客人,我们可以按照季节、山里的物产,来变换我们的菜单。"他站起身,朝大姐一拱手,"大姐,青山栈的食堂,从此就拜托你了!"

然后,他转身,对米庐说道:

"米庐，你放心，我和嘉树，一定会珍爱青山栈。会善待它。"

那一夜，米庐和陈嘉树，都留宿在了这后进院落里。米庐住了楼下客房，陈嘉树却偏要在阁楼茶室的地板上打地铺。他说，这么好的月色，这么好的夜晚，辜负了太可惜。最后的结果，是宋楚鸣和陈嘉树两个人，都在那地板上睡了。现成的床垫，拖来两张，铺在地上，一只低矮的小茶桌，摆中间，做"床头柜"。他们一东一西躺下，面朝着落地的整面大玻璃窗。月光洒落在地板上，树影婆娑。他们睡在如洗的月光中，酒醒了一半。

他在山里了。

宋楚鸣在心里说："晓山，我在山里了。"

活着的时候，晓山总爱说，她爱山。宋楚鸣却说，他爱水。晓山就开玩笑，说："仁者乐山。你没有我善良。"其实，那个时候，无论是山，还是水，宋楚鸣都没有刻骨铭心的爱与眷恋。

他和很多人一样，爱得很肤浅。

但是现在，有一些东西，在他身体里，心里，开始慢慢生长。

"哥，"陈嘉树忽然叫了他一声，"你真的想好了？"

"想好什么？"

陈嘉树轻轻叹口气："哥，就是现在，我心里也不踏实，怎么心血来潮租下一个破房子，就这么轻易地改变了你的生活，把你拽到这山里来了？"

"嘉树，我不是心血来潮，"沉吟片刻，宋楚鸣回答，"晓山的离开，对我是毁灭性的。我这是在救我自己。"

窗外，传来一声夜鸟的枭叫。

陈嘉树沉默了。

三 晓山

晓山叫顾晓山。

宋楚鸣给他的民宿起名"青山栈",是嵌进去了妻子的名字。

宋楚鸣认识顾晓山的时候,是十二岁。那是一九六六年夏天,家里出事了。一切,都乱了套。世界乱了套。那一天,院子里的几个小孩子,喊他去前边机关大院里看热闹,他没心没肺地、嬉笑着跟着大家去了。却不知道,原来那热闹就是自己的父亲。父亲被人群推搡着,揪扯着,戴着纸糊的高帽子,脖子上挂着沉重的大木牌。木牌上父亲的名字,如被狂风吹倒一般,东倒西歪,还打了鲜红欲滴的红叉。他脑袋"轰"地一响,甚至没有来得及收敛住嘴角的笑意。父亲看见了他,看见了他凝固的笑容。他们的眼睛对视了几秒钟,这几秒钟,成了他们父子二人一生的阻隔。

第二天一早,母亲给了他一些钱,还有粮票,说:

"楚鸣，这几天，你出去玩吧，别在家里了，晚上，晚点再回来。"

他懂了。知道母亲有意支开他，是不想让他再看见父亲的羞耻。

也许是父亲的授意。

他庆幸自己可以逃离。

他的城市，是北方一座工业城市，地处黄土高原，干旱，严寒，春天多风沙，黄尘漫天。可它的夏季凉爽，几乎没有酷暑。他在八月的城市里，漫无目的地游荡。一条河流穿城而过，把城市分为了东西两部分。河东，是旧日的老城，著名的商业街、居民区、影剧院以及政府机关，大多分布在这里。而河西，则云集了新兴的各大工厂，比如，化肥厂、化工厂、热电厂、锅炉厂以及保密的军工企业之类。还有就是几所高校，工学院、机械学院、矿业学院，等等。这城市，论规模，不算大，但对于一个十二岁的孩子，却足够辽阔。

宋楚鸣家，住在河东。一条和这城市体量不相称的宽阔的大马路，把河东又分为了南城和北城。这条马路，东起这城市的火车站，西边连接了宏伟的跨河大桥。在很多年前，中国的土地上，拥有这样平坦宽阔、可走八车道的通衢大路，除了首善的京城之外，据说就只有这个内陆城市。当年力主动议修这条马路的市长，为此还受了批评。在宋楚鸣小时候，这条路从不繁忙，它的空阔，总是有一种寂寞的庄重感，让这孩子心生莫名的尊敬。

热闹的街区，热闹的商业街，都在这马路的北端。而宋楚鸣的家，则在马路的南边。

对宋楚鸣而言，这条马路，是他的边界。

柳巷、泰山庙、钟楼街、开化寺、老香村、六味斋、上海饭店，这些热闹的地方，美好的地方，都在城北。只有在难得的一些节假日，父母会带着他们小孩子，坐三轮车，或是公交车，去这些地方逛逛。在泰山庙的副食品大楼，买点平时舍不得买的茭白或者南边过来的竹笋，回家炒肉丝或是烧肉。在老香村买两斤南味糕点，或是在六味斋买些酱肉、小肚和蛋卷之类。有过一两次，父亲请他们全家在上海饭店吃小笼包，好像是他拿到了什么奖金。那小笼包的美味，让宋楚鸣销魂。

而平日，马路之南，就是这孩子的世界，他自己从不敢越界，到对面的热闹繁华中去。这是无形中的戒律。

但此时，突然之间，禁忌没有了。他衣兜里揣着母亲给他的足够的零花钱，毫无障碍地，踏上马路，去往另一边。马路中央，有一个安全岛，他在安全岛上停了下来。他站在马路的心脏，看看右边，又看看左边，初升的朝阳下，马路就像是一条波光粼粼的金色长河，宽广，平静，辉煌，流向莫名的远方。十二岁的宋楚鸣，忽然感到了伤心。

他不知道自己要去哪里。

一上午,他在街上游荡。街头很热闹。有很多的宣传队,在街头拉开场子,演出"活报剧"、舞蹈,或者是"表演唱"。他躲避着这些演出,那里有让他害怕和羞耻的场面。他躲开人群,往背街小巷里钻。不想,小巷里也有表演。他看到两个和他年龄相仿的女孩儿,在演唱《老两口学毛选》,一个扮老婆婆,一个头上扎了条毛巾反串老头。两个孩子,没有任何伴奏,身边稀稀拉拉,围了几个小孩子和老人做观众。可是两个孩子表演得很认真,特别是那个"老头子",眉飞色舞,又夸张又传神:

收了工,吃罢了饭,
老两口儿坐在了窗前,
咱们两个学毛选……

他不由得在圈外站了下来,听两人对唱:

老头子嗨,老婆子嗨,
你看咱们学哪篇?
老婆子嗨,老头子嗨,
我看咱就学这篇,
你看这占不占?
我看咱就学这篇……

他们首先学习了《中国社会各阶级的分析》，这是大方向。接下来，老头子唱：

> 咱们的二小子他干活儿有点懒，
> 你可很少给他提个意见，
> 《反对自由主义》，
> 咱们要细钻研，
> 家庭里的思想斗争
> 今后咱要开展……

他转身，悄悄离开了。

那些老字号的商店，都被摘下了门匾，换上了新名字。"红卫"呀，"为民"呀，"立新"呀，"东风"呀，等等。往日里如此吸引他的店面、柜台、柜台里各种的美食，都变得黯然。他买了一个果料面包当午饭，走累了，正好路过"长风电影院"，售票处开着，他买了一张电影票，走进了影院里。

那天，上映的是一部苏联电影，《斯维尔德洛夫》。

至今，宋楚鸣也不知道，为什么在那样的时候，他的城市会莫名其妙上演这样一部影片。但他从此铭记住了那个小个子、戴眼镜、有浪漫气质的苏维埃革命家。

电影的内容，全忘记了。

只记得一个场景，像是一个狂欢的游乐场，有一个歌者，站在舞台上，扮成魔鬼的模样，歌声无比高亢激越：

> 众人死在刀剑下，魔鬼一旁正欢笑。
> 众人死在刀剑下，魔鬼一旁正欢笑——

然后"轰——"一声，一团烟雾中，魔鬼消失了。

黑白的老电影，屡次断片。偌大的剧院里，零零落落，没有几个观众。这不是一个看电影的时间，更不是一个看电影的日子。影院外面，人们在斗争，如火如荼，看电影显得多么不合时宜。可是，假如没有影剧院，宋楚鸣又该往哪里去呢？它庇护了这个孩子。

不止一个孩子。

前方，隔了一排，坐了一个小姑娘，也是独自一人，来看电影。宋楚鸣望着她的背影，想，这时候，一个人走进电影院的，一定都有不好的事情。

电影散场，宋楚鸣走出影院，阳光晃了他的眼。他一扭头，看到刚才那个小姑娘，出了影院大门，径直就走向了售票处，又买了一张电影票。

他被点醒。也来到售票处，买了下一场的票。

还是《斯维尔德洛夫》。

这一场，观众更是稀少，东一个西一个，凑不够一个巴掌。也不对号了，随便坐。

宋楚鸣跟在小姑娘身后，小姑娘走到了最前面第一排，找地方坐下。宋楚鸣也坐到了最前排，和她间隔了几个座位。

小姑娘看了他一眼。

"你是近视眼？"她冷冷地问。

"不是啊。"宋楚鸣傻乎乎回答。

"那你坐这么前头干啥？"

宋楚鸣不知道该怎么回答。忽然憋出一句话，说："你是卖花女吧？"

小姑娘愣了一愣，说："你认识我啊？"

宋楚鸣想，谁会不认识你呢？

"我是少年宫航模组的，"宋楚鸣说，"见过你跳卖花女。"

那时有一个歌舞片《椰林怒火》，家喻户晓，是表现英勇的南越（越南南方）人民，怎样抗击美帝。其中有一个独立的小舞剧，叫《椰林少年》，常被人搬上各种舞台。说的是三个南越的孩子，一个擦皮鞋，一个是报童，一个是卖花女，三人怎样斗智斗勇，打败了一个美国大兵的故事。宋楚鸣他们的城市，自然也有个少年宫，少年宫里，有个小红星艺术团，艺术团也排演了这个舞剧，演出过很多次，演卖花女的，就是眼前这个女孩子。

"我没认错人吧？"宋楚鸣小心地问。

她望着他，半响，摇摇头，说："我不是她。"

宋楚鸣知道自己没有认错。他不再说话。电影开始了。他们俩，仰着脖子，静默地看完了这个遥远年代遥远地域的故事。灯亮了，又一次散场了。宋楚鸣跟在小姑娘身后，走出影院。小姑娘茫然站在台阶上，似乎不知道该去哪里。宋楚鸣也同样茫然。太阳偏西了，黄昏就快到了，再过不久，就是晚饭的时间了。往日，那个时刻，家里的大人们会扯着喉咙，在院子里喊自家小孩儿："谁谁谁，回家吃饭了——"可是母亲对宋楚鸣说："晚上，你晚点儿回来……"

"我今天，看了四场《斯维尔德洛夫》。"卖花女忽然开口说，眼睛却并没有看宋楚鸣。

"你和我说话吗？"宋楚鸣小心地问。

"我和我自己说。"她回答。

"我看了两场。"宋楚鸣说。

"昨天，演的是《朝阳沟》。"她说。

"哦。"

"我也看了四场。"

"明天呢？"宋楚鸣问。

"有预告啊，"她回答，"售票处那儿写着呢，还是《斯维尔德洛夫》。"

"明天，你还来看吗？"他问。

"不知道。"她摇摇头。

他没有问，你为什么要一个人看电影。她也没有问他这个幼稚的问题。那是用不着问的。

"你真在航模组啊？"她终于把脸转向了他，"我弟也在航模组。"

"我知道，你弟是顾晓河。"宋楚鸣回答。

她瞪大了眼睛："你真的认识我啊？"

宋楚鸣笑了，说："顾晓山，认识你的人很多的。"他想，这有什么好奇怪的？谁不认识舞台上那个穿一身红裙子、手提花篮的卖花女？

其时，他们正在那个敏感又懵懂的年龄，平日，在学校，在公共场所，男女生之间绝不搭话绝不理睬。那是个禁忌。可又有哪个男孩子，不被那个红衣翩翩、花香四溢的顾晓山吸引呢？他们觉得她很特别和——好看。

"你叫什么？"顾晓山问道。

"宋楚鸣。"宋楚鸣回答，"就是楚汉相争的楚，一鸣惊人的鸣。"

"宋楚鸣，"顾晓山面无表情地说道，"想去河边看夕阳吗？"

"想。"他毫不迟疑地回答。

其实，他从来也没想过，去河边看夕阳。河边，是个很遥远的地方。他只是在清明节，学校组织扫墓或者春游时，和同学们一起，坐在大卡车上，轰隆轰隆，开到河边，轰隆轰隆，开过横跨长河的大桥，来到河西，再拐上通往几十里外的悬瓮山，或者是更远处烈士陵园的那条国道。总之，去河边是件隆重的事。

顾晓山抬头看看天空。

"可是，今天来不及了，"她说，"现在出发，走到河边，太阳早就落山了。"

"那我们就明天去。"宋楚鸣说。

"宋楚鸣，"顾晓山看看他，"你明天，还会来吗？"

"来。"他回答，"我肯定来。"

"那我们明天见。"顾晓山说。

可是，明天，他们并没有再见。第二天一早，宋楚鸣几乎是快活地来到了长风电影院，在昨天分手的地方等她。可她没有来。他等啊等，太阳越升越高，他挪到了旁边一棵柳树下。那天，电影院也并没有放映电影，却做了一个会场。开会的人们，排队蜂拥而入。来了那么多人，可是没有她。他等到了太阳落山。这个十二岁的少年，第一次，认真地目睹了夕阳在楼宇间沉落。原来，夕阳一点一点沉落，是让人难过的呀，他这样想。接下来，第三天，第四天，第五天，再也不见她的踪影。她消失了，就像一个梦境。而电影院从那天起也不再放映任何影片。五天之后，宋楚鸣自己也不再来了。父亲被革命群众驱逐还乡，他终结了自己在这个城市的流浪、游荡和等待。

宋楚鸣想，顾晓山，她一定也是身不由己。

他不怪她失约。

两个孩子，就这样偶然邂逅。流星划过一般，刹那的美，并没有在对方的生活中留下深刻痕迹。

他以为永远不会再见到她。

他没有理由和她再见。

后来，初中结业，他插队。后来，他返城。再后来，他成为一名大学生。

他的大学，叫财经学院。有一个周末，他和几个同学一起，去邻校参加交谊舞会。那正是交谊舞盛行的年代，大学生们更是乐此不疲。邻校是个综合大学，女生多，好看的女生自然也多。宋楚鸣不是一个爱热闹的人，舞步也不怎么熟练，所以一直坐在一边旁观。可他的那几位同学中，不乏交际达人，竟有人拉着一位女生来到了他面前，说：

"宋，这位女士要邀请你跳舞。"

他有点慌乱，说："对不起，我不会跳。"

同学急了："宋楚鸣，你懂不懂规矩啊？舞场上，哪有拒绝女士邀请的道理？"

那位女生说话了，她说："没关系，我跳得也不好。"

她的声音，温柔，清澈，安静，让人心安。宋楚鸣抬头注意地看了她一眼，眼前一亮。倒不是她有多么惊艳，而是有一种月光般的幽美，让人沉浸。宋楚鸣不由自主地站起了身。

"那请你多包涵啊。"他说。

那是一支"慢四"的舞曲,舒缓,悠扬。他们慢慢地摇,如同在微风抚动的水面上随波荡漾。宋楚鸣说:"抱歉我不会跳花步。"她回答:"我不喜欢花步。"两人都笑了。

"宋楚鸣,"她忽然开了口,说,"我可以这样叫你吗?"

"当然可以。"宋楚鸣回答。

"是我认识的那个宋楚鸣吗?"她望着他的脸,这样问。

宋楚鸣惊愕了。"我们认识?"他反问。

"也许,"她笑笑,"楚汉相争的楚,一鸣惊人的鸣。"她说:"记不记得《斯维尔德洛夫》?"

"《斯维尔德洛夫》!"他失声叫了起来,"你是——顾晓山?"

"对。"她笑着点点头,"我是她。"

"我也是,"宋楚鸣笑着说,"是那个宋楚鸣。"

"宋楚鸣,好久不见。"

"顾晓山,好久不见。"

宋楚鸣一阵激动。时间的长风,呼啸着,卷走了十多年岁月。十几年呢?

"十四年了。"顾晓山说,"时间过得可真快。"

可不是十四年了?宋楚鸣叹息一声:

"那天，分手时，你说，明天见。"

"结果过了十四年。"她说。

"要是在马路上迎头碰上，我根本认不出你了。"宋楚鸣说，"你怎么还能认出我？"

"我也没有认出来，"顾晓山回答，"是你们那几个同学，喊你的名字，我听见了。你名字不算太大众化，我就想，同名同姓，会不会真是你呢？"

真的就是他。他们就这样偶遇了。

大千世界中，这样的偶遇，说来真算不上奇特。可是两个当事人，却觉得它充满命运感和神奇。后来，当他们成为恋人后，幸福的宋楚鸣常常慨叹：

"我那天原本没计划去你们学校跳舞，"宋楚鸣说，"我从来不爱凑这种热闹，再说我还有作业要赶。可是那天，自习室那层楼，电路莫名其妙出了故障，临时停电，老于他们几个不由分说，就硬拉我过来了。"他笑笑："命中注定，我得遇见你。"

就算是命运让他们相遇，这世上，也不过是多了一对平凡的校园恋人，后来，又多了一对平凡的夫妻，而已。

只不过，他们恩爱。

他们恩爱。

认识他们的人，都知道这个。

其实，他们结婚很晚。恋爱整整八年。当初，大学一毕业，顾晓山的姥姥就催婚。顾晓山说："姥姥，我还得读研呢。"姥姥是个开明的老人，懂得孩子是奔前程。等到晓山拿下硕士，姥姥再催，晓山回答："姥姥，您再等等，我还得考博呢。"姥姥说："山啊，这有个头儿没有啊？"顾晓山回答："姥姥，怎么没有头儿啊？只要我考上博士，行吗？"姥姥叹口气，说："山啊，你到底是在怕啥呢？"

晓山不说话了。

晓山和弟弟晓河，是姥姥带大的孩子。姥姥没有文化，解放后，在街道办的扫盲班里，学会了念书识字。姥姥敬重文化人，平生"敬惜字纸"，尊重知识，愿意让她的孩子读书上进。但姥姥冰雪聪明，知道她如此努力的孩子，是在逃遁什么。

晓山是个读书种子，第二年就如愿考上了比较文学博士。那时，宋楚鸣也已经申请到了哥伦比亚大学的全额奖学金。姥姥说："山啊，你和楚鸣，八年了吧？打日本也就八年吧？楚鸣这一走，谁知道得几年？山，姥姥真等不得了。"

那一年，姥姥虚岁八十。身体精力大不如前。晓山知道，她得出嫁了。

她得让姥姥走得放心。

他们结婚了。

蜜月没有过完，姥姥突发脑溢血，在医院里昏迷三天后，走了。晓山悲痛欲绝，得了病毒性心肌炎。在她病中，宋楚鸣向国外的大学申请了延期一年入学。一年后，他不顾妻子的反对，做出了一个重大决定：重新考取了国内一所大学的博士。

顾晓山说："宋楚鸣，你这样为我牺牲，让我怎么心安？"

"谁说我是为你牺牲？"宋楚鸣回答，"我就是舍不得离开你，是我没出息。"

病愈后的晓山，人很脆弱。宋楚鸣一句话说完，她眼圈登时就红了。

"我很应该学学乐羊子妻，剪断织机上的布匹，逼丈夫出门求学上进，一走七年。可是，"她把脸埋进他的胸前，说，"我也舍不得呀……"

他们都舍不得。

骨子里，他们都算恬淡的人。

他们没有孩子。是他们自己选择不要。这件事，朋友们都为他们遗憾。总觉得他俩如此优秀的基因可惜了。至于原因，却没人说得清楚。这种事，谁又能说得清楚？何况，在他们生活的那个圈子里，选择做"丁克"，也不是什么了不得的新鲜事。他们也不过就是其中的一对罢了。

其实，是畏惧。

所以，睿智的姥姥一针见血地问顾晓山："山啊，你到底是在怕啥呢?"

她没办法告诉姥姥,她在怕什么。

她甚至不敢和宋楚鸣深谈这个问题。

婚后,蜜月期间,姥姥去世,她生病。病中,看了许多电影录像带。那时还没有光碟,附近有个小店,租售录像带。宋楚鸣经常去那个小店里淘他们喜欢的电影。有一天,他们俩看了《苏菲的抉择》,电影看完,一下午,他们都备感压抑。

"宋楚鸣,告诉我,你想做一个父亲吗?"顾晓山突然这么问。

宋楚鸣一愣。

"你呢?晓山,你想做母亲吗?"他反问。

"不想。"顾晓山摇摇头,"宋楚鸣,我不想。"她喘口气,说:"我害怕。"

"你是怕,有一天,或许也会面临苏菲那样的抉择?"宋楚鸣问。

"没这种可能吗?"顾晓山说,"你是不是要告诉我,那样的时代已经永远过去了?"

"不,"宋楚鸣回答得斩钉截铁,"不,我不会告诉你这个,我没有那么自信和乐观。"宋楚鸣淡淡一笑:"它也许过去了,也许还会再来,谁知道呢?人啊,是最不值得信赖的一个物种,同样的错误,他会重复一万次。我不信任人类。"

他望向窗外。北方秋天的晴空，蓝得那么透彻和高远。静静聆听，听得见隐约传来的鸽哨声，细碎而绵密，此起彼伏。这是北方最美的季节，端庄、成熟、丰硕，群山五彩斑斓，河水清冽澄澈。

真美，宋楚鸣在心里叹息一声。他不信任人类，可他爱这个有人类的世界。

顾晓山深知这个男人。

"姥姥问过我，她说，山，你不想结婚，你怕什么？我不敢告诉姥姥……宋楚鸣，我可以告诉你，我怕成为母亲。"顾晓山也仰起脸，望向窗外，"你从来没有问过我，当年，十二岁那年，我为什么失约？"她顿了一顿："因为那天，我回到家里，才知道，我妈死了，她在那个下午跳楼自杀了。就在我们看《斯维尔德洛夫》的时候，坐在电影院里的时候，她从她们单位的楼顶上，一头栽了下来。她留了一份遗书，是写给我和我弟的。她说——"

他伸手捂住了她的嘴："你不必说。"

他知道回忆这一切有多痛苦。

她移开了他的手，说："好，我不说。"

可是，不说，就能忘记吗？它早就像刀刻斧凿一般凿进她余生所有的日子里了。每一个字，每一个标点，都是那个十二岁小少女通往幸福路上的绊脚石。遗书很短，字迹潦草，显然是匆匆而就，这样写道：

我唯一悔恨的，就是做了母亲，让两个无辜的孩子坠入我带给他们的耻辱深渊……晓山，你可以恨我，但要记住我的忠告，千万不要重蹈我的覆辙，切记！切记！切记——

"宋楚鸣，"平静片刻，顾晓山说，"我母亲告诉我，千万不要重蹈她的覆辙，这个覆辙是什么？就是不要做母亲啊，就是不要再把无辜的生命带到这个世界上来啊！这是我妈留给我的遗言，是她对我最后的忠告，也是对我的……诅咒。因为她是带着我对她的怨恨离世的。宋楚鸣，她恨我，我一辈子也挣脱不掉这魔咒——"

"晓山！"宋楚鸣一翻身搂住了她，"我们不要孩子，不做父母。你放心。"他扳过了她的脸，望着她的眼睛："可是晓山，你恐怕理解错了，你母亲，她不是怨恨你，更不是诅咒，没有一个母亲，会诅咒自己的孩子——"

"会的。"晓山语气变得冷酷，"不要去神化母爱。母爱只有在纯粹动物性的时候，才可能是无私的。只要掺杂进人性，就不再纯粹了。我知道我母亲，她伤心，她是在怪罪我，我也确实是逼死她的人群中的一员。我要是逃避这个，掩饰这个，就太无耻太对不起她了！"

"好，"宋楚鸣回答，"我们不逃。放心。"

"可是这对你不公平呀，宋楚鸣，"顾晓山说，"我犹豫了那么久，纠结了那么久，就是不忍心强行把你和我这样绑在一起。我知道你喜欢孩子。"

"顾晓山，难道你内心不喜欢孩子？"宋楚鸣回答，"不做父母，并不是因为不喜欢小孩儿。"他更紧地搂住了妻子："顾晓山，你听着，我是没有自信、没有勇气做一个父亲。老实说我害怕做父亲。我和你一样，都有解不开的心结。"他想起那个凝固在嘴边的愚蠢的微笑，那是他永远跨不过去的沟壑。"活了三十多年，至今，没有学会和我父亲相处。说实话，在今晚之前，我并没有理性地想过这个问题，但是，很奇怪，就是现在、此刻，我忽然有种如释重负的解脱感。你让我解脱了！我不想成为父亲。晓山，我不说那是我的命定，但，它是我的抉择。懂了吗？"

那天夜晚，顾晓山失眠了。她听着身旁丈夫的鼾声，突然一阵心疼。她贴在熟睡的丈夫耳边，不出声地问出一句话，她说："你真的不遗憾吗？哥——"她鼻子一酸。黑暗中，仍然可以看到他脸部的轮廓，多么俊美的一张脸。那是她的骄傲。这个俊美的男人，慈悲，宽厚，永生怀有深深的忧患，足够她用一生去疼爱，足够她用一辈子的时间、一辈子的气力去汹涌地疼爱。除此而外，她还能怎么样呢？

四 南方

顾晓山生长在北方,可是从小,她常常被别人这样询问:"你是南方人吧?"

这个"南方",应该是指江南一带。那里确实是她的祖籍,可她自出生后一直到大学毕业,就没去过那里,她心里的故乡就是北方。她生长在干旱的黄土高原,可她的容颜却有着江南鲜明的痕迹:青葱、水灵,像是南方坚韧、缠绵、驱不散的乡愁。北方粗粝的风沙、漫卷的黄尘,都掩盖、磨损不了这顽强的印记。

后来,博士毕业后,他们真落户到了南方。

比江南还南的南方。更热烈的南方。

他们是这个新兴的、朝气蓬勃的城市引进的人才。顾晓山进了这城市新建的一所大学,做了比较文学学科带头人。宋楚鸣则入职了一家大的金融机构,一步一步,做到投行老总。明里看,他们各得其所,活得风生水起。可生活中怎么可能没有汹涌险恶的暗流?特别是宋楚鸣,身处在金融圈这样一个围猎场,更是不易,几次，险遭暗算，让顾晓山总是为他捏一把汗。

他们两个北方人，起初，很难适应这南方海边的气候。亚热带的潮热，似乎总是湿乎乎的被褥，还有冬季寒流到来时那种缠绵的阴冷，都让他们想念北方。北方的干爽，北方冬季有暖气的房间，还有它的四季分明，让他们怀念不已。有两年，晓山常常过敏，那些亚热带的植物和食物中，不知道哪些是她的克星，不是侵害她的呼吸道就是侵害她的胃肠。这让宋楚鸣心疼。

"要不，晓山，你还是回北方吧。"宋楚鸣说。

"你呢？"顾晓山问，"你走不走？要走，一起走。"

宋楚鸣沉默了。

"你让我一个人走哪里去？"顾晓山笑了。

"好，我们走。"

"我们走不了，"顾晓山笑着回答，"我还不知道你？士为知己者死。你不会背叛这个城市。它待你不薄，豫让先生。"

宋楚鸣笑了。他一拱手，说：

"知我者，顾晓山也！"

"宋楚鸣，你学金融，做投资，在商海里打滚，可你却有个老中国灵魂。"顾晓山说，"两千岁的灵魂。奇葩。"

后来，慢慢地，适应了，也摸到了一些规律，再加上西药治疗，中医调理，甚至搜罗来各种偏方，那些过敏症状竟渐渐消失。人看上去也越发地水润，虽然她很少光顾美容院那一类地方。

她不需要。

当然，也没有时间。

她其实和宋楚鸣一样，也是一个拼命三郎。

从副教授、教授到博士生导师，这一路走下来，竟也是血雨腥风。学校早已不是上世纪八十年代他们读书时的学校，早已沦落为名利场，也堪比战场，斯文扫地，清高不存。如顾晓山这种想做些事情却又洁身自好的学者，幸存下来实属不易。不想同流合污，就只能更自尊更强大。她教书，写书，熬夜，苛待自己。没有精力和时间去健身房或是瑜伽室，没有闲情逸致去做SPA，去做美容。好在，她的身体和容貌，也没有背叛她，尽管她疏于保养，讨厌养生，可看上去，仍然要比同龄人年轻、苗条，而身体的各项指标，也都难得地正常。

只是，渐渐地，她染上了洁癖。她总是觉得脏。到处都脏。下班回家，换了拖鞋，先去卫生间洗第一遍手。然后，脱下外面的衣服，换上家居服，再洗一次手。每次洗手，都严格按照六步洗手法，各种搓洗。第二遍手洗过之后，再用盐水漱口。宋楚鸣说她："你是要给人做手术吗？"她不理他。一天下来，她洗手的次数，是别人的无数倍。用宋楚鸣夸张的话说，一天二十四小时，她有四个小时都是在洗手。她生命的六分之一时间,都被她用来洗手了。

她听了,说:"是呀,真是浪费。"

却仍然病态地洗洗洗,不可控制。

休息日,在家里,她最常做的事情,就是消毒。地板、家具、卫浴设施,要用配比合适的威露士、滴露或者"84"消毒液,擦拭或者清洗。洗衣服,洗衣液里一定要添加消毒剂。从前,没有消毒柜和洗碗机的时候,她每晚要用蒸锅消毒碗筷。出门吃饭,她随身带一个小瓶子,里面是酒精棉球,用来消毒餐具。也因此,她很少参加各种应酬。

宋楚鸣半玩笑半认真地说:"晓山,是不是得看看心理医生啊?"她笑着回答说:"我心理很健康呀。因为我敢承认,世界是脏的。"这样的回答,确实,没有问题。

但是问题来了。

五 恶黑

起初，只有小米粒大小，一粒小斑点，或是一颗小痣，出现在了脖颈上，靠近锁骨的地方。顾晓山想，哦，我终于也长斑点了，到那个年纪了。然后，就不再理会。

它长得很慢，缓慢到几乎发现不了它在生长。

有两三年，它和她和平共处。它静悄悄变大、变深，让顾晓山习惯了它的存在，对它熟视无睹。

就像一场漫长的马拉松。它将在最后关头，突然发力冲刺。

当顾晓山意识到它在生长时，它已经变成了一粒黄豆大小。顾晓山想，咦？它在变大哎。那时正是她的学生答辩的前夕，又正赶上她的一部书稿要截稿，忙得晕头转向，无暇顾及其他。宋楚鸣说："哎？晓山，你这儿长美人痣了。"晓山笑着回答说："什么美人痣？是老年斑。"宋楚鸣说："瞎讲，你怎么会长老年斑？"他们就这样毫无常识毫无预感地开着玩笑。等学生答辩结束，晓山的书稿也顺利交付出版社，她发现，那粒黄豆已经壮大成一颗大豆了。而且，黑得醒目。有点令人心惊肉跳。

她去了医院。

从医生的神态中，她感觉到了事情不那么简单。

这是那座南方城市最好的一家医院。由最好的医生为她做了切除手术。手术并不复杂，只用了两个多小时。但切片化验和基因检测的结果，却等了一周的时间。

那一周，很漫长。

结果出来了，不好，很不好。是恶性黑色素瘤。

简称，恶黑。

肿瘤中最凶险的一种。

而且，报告显示，它早已经突破了肌理层，沿着淋巴扩散转移。也就是说，晚期。

宋楚鸣不相信这个结果。他说："开玩笑吧？"他嘴里质疑着医生却突然感到身上发冷。亚热带的大太阳底下，寒气从他头顶直灌脚心。他想，开什么玩笑？他心里只翻涌着这一句话："开什么玩笑？"他说："晓山，我们去广州，去北京，不行我们去国外。他们一定是搞错了。"晓山回答："好。"

广州去了。北京也去了。至于国外，用不着了。

确凿无疑，是恶黑。而且，是一种在亚洲人种中非常罕见的类型。慎重起见，北京的医生将她的病理报告和基因检测报告，发给了他们的合作同行，美国一家权威的肿瘤研究中心，结论和国内的报告结果完全一致。

他们共同讨论了治疗方案。

带着这个方案，晓山和宋楚鸣，回到了他们的南方。

做了靶向治疗。比起化疗、放疗，靶向没那么痛苦。可是，一轮治疗下来，没有任何效果。

医生对宋楚鸣说："先出院回家吧。"

医生沉吟片刻，又说："你要有思想准备。"

他问："什么准备？"

医生望着他，面无表情。其实，这些日子以来，医生已经很了解他们夫妻之间的感情。所以，他知道，他将要出口的话，很残忍。

"最坏的准备。"他说。

他接晓山回家。

住院期间，一个一直照顾晓山的护工，也跟随他们回到了家里。

几年前，他们换了一套顶楼的大平层，带一个很大的露台。宋楚鸣没有别的爱好，就是喜欢园艺。几年时间，这个露台在他手里，俨然已经是一个漂亮的露台花园。他全部的私人时间，几乎都倾注在了这个露台之上。晓山说他："你这是要学查尔斯王子啊。"他回答说："我这是提前进入退休生活，预热。"他备齐了各种园艺工具，水车、自动喷灌器、修枝剪、可伸缩高空剪、绿篱剪、可旋转草坪剪、电动割草机，各种型号的花锄、花铲、钉耙……全都是专业的德国嘉丁拿品牌。他热心地收集这些工具，就像人家收集古董。用他的话说就是，工欲善其事，必先利其器。晓山就说他："你这些'器'，足够打造一个海格罗夫庄园了，可你只有区区几十平米，施展不开呀。"宋楚鸣说："别急呀，将来，等咱俩都退休了，我们找一处地方，我就用它们，给你打造一个桃花源。"

可是现在，他们没有将来了。

与露台连接的，是一间玻璃阳光房，那里有一张美人榻，晓山靠在榻上，眯起眼睛，眷恋地，望着正用自动洒水枪浇花的宋楚鸣。那些花木，她一样也不认识。可是真美啊。红的，橙红的，橘色的，黄的，蓝的，白的，那么灿烂，她为什么没有早一点儿认识它们？还有天空，南方的天空，是那种浓郁又虚无的蓝色：那是告别的颜色。她要学会和这个世界告别。和花香，和微风，和天空下面涌动的大海，和喧嚷的城市，和她所有的爱和所有的恨，和她的肉身，一一告别。

宋楚鸣手持洒水枪，抬头朝她温柔地笑笑，水雾在阳光下瞬间变幻出彩虹。她的爱人，两鬓已然斑白却依旧英俊的男人，在水雾下面，心疼、眷恋地朝她微笑。她也朝他笑笑，说：

"这都是什么花儿啊？我不认识它们。"

宋楚鸣关掉了洒水枪。

"哦，你看，这些开花的呀，都是戴尔巴德月季。"他一样一样地指给她看，"这个叫莫奈，对，就是画家莫奈。这个叫帕尔马修道院，司汤达小说的名字，它有很强烈的香味，我十四五岁的时候读过这本小说。这个白色的叫比利时公主，它的抗病性特别好。这个粉色的叫蓬巴杜夫人，你应该听说过这个名字，她是路易十五的情妇。它的花形特别大，有奢靡之气，香味浓郁，很多人都喜欢这个品种。这款明黄色的，你猜它叫什么？它叫普鲁斯特！马塞尔·普鲁斯特。对，《追忆逝水年华》的作者，这款就是为了纪念他培育的。它的香气，是苹果酒的基调，有意思吧？这款叫欢迎，是小藤本，特别抗热、抗病。我选这些花的时候，其中一项就是选它们的名字，我喜欢这些有故事性的名字，因为，它们和你的专业有关，我想让你也注意它们……"

他忽然住了口。

一层雾气，蒙住了顾晓山的眼睛。

"我注意到它们了，真美，"她说，"还不晚吧？"

"当然不晚。"宋楚鸣回答。

"它们漂洋过海，能在我们这里生存下来，不容易呀。"顾晓山说。

宋楚鸣眼眶一热。

顾晓山的病，据医生说，在亚洲人中极为罕见。这一种恶黑的类型，是欧洲人的多发病。不止一个医生询问晓山，家族中有没有异族的、非亚洲裔的基因。顾晓山否认。据她所知，她的父母、祖父母、外祖父母，都是地地道道的汉人，从没听他们说起过家族先人中有这一类传奇故事。医生说道："那可能是你不知道。"甚至有一个医生猜测，她的某位祖先，会不会来自欧亚分界的高加索那一带。

他们在分析研究一个罕见病例。

而顾晓山想："顾晓山呀，小概率事件，让你碰上了。"

夜晚，他们都难以入睡。她枕着丈夫的胳膊，问他说："我还有多少时间？"

宋楚鸣不回答，只是心痛地，搂紧了她的肩膀，让她靠在自己的胸口。

"我现在，真有点后悔了，"顾晓山小声说，"我们该有一个孩子，这样，我走了，你不会这么孤独……都怨我，那时候，我还以为，我们能白头到老——"

宋楚鸣打断了她："我不要孩子，晓山，别说这样的话。"他更紧地搂住了这个他至爱的女人："谁说我们没有白头到老？你看，我的两鬓，早白了，你也有白头发了……"

"要是我们有个孩子，你希望，是儿子还是女儿？"晓山继续着这个话题。

宋楚鸣懂了。其实，这一直是顾晓山的心结。当初她做了选择，可是她深深遗憾。

"你呢，晓山，你希望是什么？"

晓山摇摇头："不说了。"她笑笑，说："楚鸣，你要答应我一件事。"

"什么事？"宋楚鸣问。

"要好好活，"顾晓山说，"就像，我还在一样。"

宋楚鸣喉头一紧，突然说不出话。

"只不过，千万别活得这么为难自己了，"她伸手轻轻抚摸他额头上深深的川字纹，"咱们俩，是不是都不应该选择这样的人生？潮头上的人生？你和我，原本都不是名利场中人。这些日子我也在想，击垮我的，到底是什么呀？楚鸣，我想了，是厌倦。"她停了停，叹息一声。"我厌倦我的生活，一直都厌倦。浑浊，污浊，脏，不体面，和我讨厌的人群同流合污……所以我才会不停地洗，不停地消毒，我厌恶我自己。"她眼里慢慢涌上泪水，"可是，哪种生活是干净的呢？活着，就不干净呀，人就是在血污中降生，来到人世。所以，上帝让我回去，这是他的怜悯……可是，真要走了，才知道，有多么舍不得。楚鸣，我舍不得……"

眼泪滴落到宋楚鸣的肩头，他感到了烧灼般的疼。他只是更紧地把她搂在了怀里，生怕一松手，她就随风而去，再也找不着她。没有她的世界，是什么样子？他想象不出来。他搂着她，在心里，默默地，一遍遍说道："不要走，不要走，不要走，亲爱的，我害怕……"

这个夜晚之后，她再也没有谈论过死亡。她珍惜地享受着每一个活着的日子。早晨，宋楚鸣上班前，她和他一起，坐在露台花园吃早餐。早餐很简单，白粥，或者是杂豆粥，要不就是皮蛋瘦肉粥。一人一只煮蛋，或者溏心煎蛋。两碟佐粥的小菜：榨菜、橄榄菜、酸黄瓜或者萝卜干，一块玫瑰腐乳，滴几滴小磨香油。一碟四只小包子，或是两片烤得黄黄的、恰到好处的吐司，上面涂着花生酱或者薄薄的黄油。这几样，每天换着来。除此之外，还有宋楚鸣必不可少的一壶热红茶。

早餐，是宋楚鸣亲自下厨，不要护工大姐帮忙。他能为晓山做的事情，没有几件，让她在最后的日子里，天天都能吃到他做的早餐，是其中一件。铁艺的小餐桌，摆在一把罗马伞下，上面铺了白亚麻桌布，简单的食物，装在极精致的餐具里。那是一套法国名瓷，"GIEN"的蓝牡丹手绘系列。有一年，宋楚鸣去法国开会，买回来了这套昂贵的瓷器，说是送晓山的礼物。晓山没有什么嗜好，唯一喜欢的，就是收集一些餐具、茶器。这套GIEN的蓝牡丹，晓山非常喜爱，也很心疼。所以，自从它们远渡重洋来到一个中国平民家庭之后，就被陈列在了柜子里，从来没有被当作实用的器皿。现在，宋楚鸣让它们从陈列柜里，来到了阳光之下，盛白米粥，装咸菜或者豆腐乳，实至名归，物尽其用。

现在，晓山渐渐认识了花园里的植物们。除了月季，她还认识了山茶花、落新妇、铁线莲、鼠尾草、鸢尾花，等等。她极喜欢一种开白花的落新妇和一种藤本的蔷薇"印象派"。它们盛开时给人一种又妖媚又仙的奇妙感觉。认识它们太晚了，晓山眷恋地想。

他们就在花丛中吃早餐。

她没有食欲，吃不下，可她努力地吃。她不想辜负它们，不想辜负如此精美的GIEN，不想辜负正在怒放的戴尔巴德月季，不想辜负落新妇和印象派，不想辜负弥漫的花香与蜂飞蝶舞，不想辜负一个新的早晨，不想辜负她的宋楚鸣。

众人死在刀剑下，魔鬼一旁正欢笑。很多年前，他们看过一场电影，所有的都忘记了，只记住了这样一句奇怪的歌词。

十二岁的小男孩和小女孩，在乱世相逢。

她艰难地吞咽。面带微笑。

六　客人

没有想到，青山栈的第一位客人，竟然是一个独自旅行的年轻女旅友。她自驾旅行，开一辆"长城哈弗"，路过此地，在距离山口不远处，看到了"青山栈"的指示牌。她想，这里居然有民宿？开近了，再一看，只见绿色的"青山栈"三个大字下面，还有一行字，写的是：

"为我停留，你不会后悔。"

她想："好大的口气。"径直开过了山口。可是开出去一公里左右，她突然掉了头，想：为什么不去看看？

她原本预设的目的地，是距离此处三十多公里的一个小镇。此刻，虽然天还尚早，可毕竟太阳已经西斜。谁规定不可以在黄昏之前投宿呢？这就是独自旅行的好处，可以随心所欲地修改日程。

她拐进了山口。

山谷很安静。一条小公路，通往深处。公路边，一侧是长满杂树的土崖，一侧是山涧。鸟鸣声很响，遮天蔽日，淹没了其余的声音。她探险似的朝前开，开到了山底，一扭头，青山栈到了。

好漂亮的一栋建筑啊。

原色的老榆木大门，关着。旁边却另有一扇门大敞着。有几个孩子，坐在门里面，静静地看书。她愣了一愣，一看，门边有个木牌，原来这里竟然是一个图书室。这让她心里一动。

她默默地看了一会儿。

旁边，有一个小空地，立着停车的标志。她把车停到了那里。下车，走向了孩子们。

"小朋友，请问，这里是青山栈吗？"

孩子们抬起了头，望着她。愣了一会儿，一个大些的男孩子忽然站起来，跑出去，朝着山涧那边喊："陈老师，陈老师，找青山栈呢！"

她急忙回头。

一会儿，一个人从山涧匆忙走上来，嘴里说："来了来了！"他手上，拿着画笔，沾着油彩。看到她，先是一愣，然后笑了："住宿吗？欢迎欢迎，跟我来。"一边对那个大孩子说："浩宇，去帮我把画架收回来。"

原来是个画家，她想。可是，一个画家经营的、显然没什么客人的民宿，靠谱吗？又一想，不靠谱，又有什么关系？你还在乎靠谱不靠谱呀？

她在心里嘲笑了自己一下。

她跟着画家走进院子。嗬！不由得赞叹一声。心里想，孟家莹，你真来对了。

他们穿过院子，来到东边一个敞厅里。孟家莹心里又一声惊叹。她原以为自己会看到一个常见的、仿民国乡居画风，不想，却别有洞天。迎面，一墙壁顶天立地的原木色大书架，以及上面码放得很整齐的书籍，让这个姑娘顿时心生安全感。朝向院子的那一侧，则是落地的玻璃墙，此刻，太阳已经西斜，而房间里依然有一种金色的、柔和的明亮。地板别出心裁，是用原木和老花瓷砖镶嵌而成。原木朴实、素净、沉稳，而老花瓷砖则有一种磨损过的艳丽，和岁月淘洗过的不灭的光辉。画家见她的眼睛停留在地板上，就说道："这些花砖，是从厦门淘来的，据说有一百多岁了。"

"是您设计的？"孟家莹问。

"不不不，"陈嘉树回答，"不是我，设计师叫米庐，很厉害的。怎么样，喜欢吗？"

孟家莹点点头。

陈嘉树笑了："你知道吗？你是我们青山栈的第一位客人，你来了，我们青山栈就算是真正开张了。"他说，"姑娘，你是我们的贵宾呢。"

啊？孟家莹意外地瞪大了眼睛。她想，我？就我？我不会给人家带来坏运气吧？

陈嘉树看出了姑娘表情的变化，他马上说道："这样吧，你先跟我看看房间，看看环境，再决定住不住，别仓促决定。来吧。"他转身朝门外走。

"不用了，不用看，"孟家莹叫住了他，"我住。"她从随身的腰包里掏出了身份证："请登记吧。"

陈嘉树有点犹豫，说："没事，姑娘，你可以先看看。"

孟家莹笑了："不用再看了，我已经看见我想看的了。"她说："我还从来没有过这份荣幸。你们不介意就行。"

陈嘉树放心地笑了："不急不急，那你先坐下，喝口水，你喝茶还是咖啡？我们这里，咖啡是现磨手冲，茶有绿茶、红茶和铁观音，还有花草茶。你喝哪种？"

"不用了，您先登记，我去车上拿箱子，等我洗把脸再过来喝茶吧。"孟家莹说。

"那走，我去帮你拿箱子。"

接待室还从没启用过，它是大门另一边的倒座房，和图书室是对称的建筑，只不过，门开在了院子里面。陈设简洁，check-in 的柜台，看上去更像是吧台，依墙放着几张舒服的带靠垫的椅子。陈嘉树在电脑上完成了入住登记，他把身份证还给了孟家莹，郑重地说道：

"欢迎你，青山栈第一位客人。"

孟家莹心里一热。

"你可以挑一个你喜欢的房间。"陈嘉树说。

"随便。"孟家莹回答，"只要干净、安静就行。"

"房间有大间和小间，有大床房和标准间，你看你选哪种？"

她选了大床房。

"好，无论今天你选哪种房型，我都给你打八折。"陈嘉树说。

等到孟家莹再次出现时，已经是晚餐时间。太阳刚刚沉落，晚霞还很绚烂。她站在院子里，抬头看晚霞，看了许久，看它一点一点黯淡，消失，心里忽然觉得灰暗。

"山里的晚霞，美吧？"一个声音在她身旁安静地说道。

她一回头，看见一个陌生的中年人，穿白色的马球衫，清爽、安静地朝她微笑。

"你一定就是那位尊贵的客人。欢迎你来青山栈。"他说。

"您是？"孟家莹困惑地问。

"哦——"陈嘉树从东厢房里迎了出来，"我来介绍，这位就是青山栈栈主，宋老师。"

"那您呢？"

"我啊？我就算副栈主吧。"他嘻嘻一笑回答。

奇葩。她想。在这样一个偏远的山村，离最近的景区少说也有百八十公里的地方，花费如此之多，建起一个显然不赚钱的民宿，居然还有两个老板在经营。图什么呢？

"听上去，怎么像是来到了剑侠的世界里？"孟家莹说。

"对不起,我们不够专业,"宋楚鸣温和地回答,"你是我们青山栈的第一个客人,我们有些紧张。"

孟家莹笑了。她说:"幸好你们开的不是医院,您二位也不是医生,我也不是你们的第一个病人。要不吓也吓死了。"

陈嘉树和宋楚鸣都笑了。

"我们给你准备了晚餐,也不知道你喜欢不喜欢。"陈嘉树说,"这顿晚餐,算是青山栈做东请客。"

"都是农家土菜,不一定合你胃口,不过食材绝对新鲜。"宋楚鸣补充说明。

"你要愿意的话,可以给你把饭菜摆在院子里。"宋楚鸣又说,"有太阳能灭蚊灯,还有艾草熏蚊子,不过山里的气候,太阳一落山就有点凉了。"

这一刻,孟家莹突然想起了父亲。这个一点不油腻的中年男人让她想起了父亲:她最不敢想起的人。她摇摇头,说:

"不了,如果方便的话,能把饭端到我的房间里吗?"

陈嘉树犹豫一下,但是宋楚鸣马上回答说:"可以,没问题。"

"我不挑食,没什么忌口的,但是个食肉动物,有肉就行。"她说,"你们,有酒卖吗?"

"有。"陈嘉树说,"有红酒、啤酒、起泡酒,你要喝哪种？"

"白的呢？有白的吗？高粱白酒、汾酒、二锅头、闷倒驴，或者大曲一类，什么都行，有吗？"

"有，"陈嘉树说，"都有。"

"那，给我来瓶汾酒吧。"

"你一个人，喝得了一瓶吗？"陈嘉树疑惑地问。

"喝不了，我明天带走。"孟家莹回答。

"那好，我去准备。"陈嘉树转身去往厨房。

孟家莹笑笑，也转身朝房间走去。宋楚鸣望着她的背影，忽然叫了一声："姑娘！"

孟家莹站住了，回头问："您叫我？"

宋楚鸣笑笑："别怪我多管闲事，一个人喝闷酒，容易触景伤情，不好，尤其是旅途中。"

孟家莹愣了一愣："谢谢，我只喝两杯。"她回答。

宋楚鸣一直看着她走进房间。

他沉思片刻，走进餐厅，在他习惯的一张靠窗的餐桌前坐下。不一会儿，何大姐的丈夫老刘，给他用托盘端来了晚餐。他对老刘说："先放下吧，我等等嘉树。"

嘉树来了。

"好家伙，这女孩儿，够勇的啊！"他进门就感慨，在宋楚鸣对面坐下。

"我们也喝两口？"他说，"今天菜不错。"

餐桌上，是一盘松蘑过油肉、一盘地皮菜摊鸡蛋、一碗红彤彤的酱梅肉，还有一只大砂锅，里面是山蘑菇炖鸡汤。还有一大钵凉拌蔬菜，里面有小水萝卜、黄瓜、苦苣、生菜之类，只用了盐、陈醋、白糖和一点麻油调味，很是清爽。

菜，都是老刘自己种的。现摘现吃。

"嘉树，我有点不放心。"宋楚鸣对陈嘉树说道。

陈嘉树抬起了眼睛："哥，你不放心什么？"

"这个女孩儿，不快乐。"宋楚鸣说。

"我也看出来了，不然，也不会一个人喝闷酒。"陈嘉树回答，"或许，也不会一个人自驾旅行。"

"整整一瓶高度白酒，一个人喝，我怕她出事。"

"那能怎么样啊？我们原本是想邀请她一起吃饭，也算个仪式，可是我们不能勉强客人啊。我们得尊重客人的私人空间。"

"这我知道，"宋楚鸣回答，"可就是不放心。想个什么办法？或者说找个什么理由？"

陈嘉树苦笑了：

"哥，这才是我们的第一个客人，就让咱们这么为难，看来，咱俩真不适合干这行啊。"

"可我们已经开始了，嘉树。"宋楚鸣回答。

宋楚鸣说着，站起身："不管那么多了，也用不着借口。走，嘉树，我们去邀请她。"

他们就这样敲开了孟家莹的房门，说，想请她一起庆祝一下，毕竟她是青山栈第一位客人，当初开业时他们有约在先，要为第一位客人开一个小小派对。这个理由，孟家莹不好拒绝。

"说来不好意思啊，我们当初请风水师来看过，给第一位入住的客人开派对，就是风水师的建议，说这样我们才能一路兴旺。"情急之下，陈嘉树居然胡诌出这么一段说辞，惊着了宋楚鸣。

孟家莹怎么能以一己之力，坏了青山栈的运势？

"好吧，"她说，"我把酒带上。"

"这瓶酒，算是青山栈请客。"宋楚鸣说。

何大姐和老刘夫妇，已经将两张餐桌合并在了一起。五个人坐下，很是宽敞。三盏主灯，开了头顶的一盏，柔和地笼罩了餐桌。而灯带、射灯、壁灯，各自发出不同的光源，幽静地照着书架、油画及咖啡吧、茶室等不同的区域，温馨而梦幻。

"你看，我们青山栈全体，都在这里了。"陈嘉树指指何大姐和老刘，"这是何大姐，这些菜都是她做的。这位是刘师傅，我们吃的蔬菜，都是他种的，那些山蘑菇、蕨菜、地皮菜，都是他进山采来的。"陈嘉树笑笑："目前，这就是我们的全部人马，来，大家举杯，欢迎我们的首位贵宾！"

那瓶汾酒，已经开了瓶，倒在了分酒器中。何大姐站起身，给众人满酒。陈嘉树率先举起了酒盅，说：

"美女，祝你给青山栈带来好运气！"

大家举杯。孟家莹也只好举起了杯子。五只杯子"砰"一声碰响了。孟家莹心里忽然冒出几句诗，北岛的：

> 如今我们深夜饮酒
> 杯子碰到一起
> 都是梦破碎的声音

她眼睛一辣，想，多不合时宜。她急忙把杯子举到唇边，一饮而尽，忽然说道：

"要是我不能给青山栈带来好运气，那我罪过可就大了。"

"谁说的？"宋楚鸣笑着回答，"你一定会给我们带来好运的，我确信。"

"为什么？您怎么能确信？"

"青山栈的第一位客人，是一位年轻人，年轻的独立女性，朝气蓬勃，自由不羁，未来可期，多好的兆头。"

众人喝彩。

孟家莹一时语塞。

"来，吃点菜吧，别空着肚子喝酒。"何大姐在一边张罗着说，"后厨里还准备着饺子呢，随吃随下。"

"谢谢大姐。"孟家莹说。

"你来品鉴一下，"宋楚鸣说，"这些菜，味道怎么样?合不合你的口味?多提意见,我们也好改进。"

"好吃,我都喜欢,只是我不是美食家,从来也不挑剔,有人总说我口味粗糙、潦草,所以我的意见不足以参考。"孟家莹说。

她又去拿分酒器斟酒,宋楚鸣伸手按住了分酒器。

"喝得太猛了,"他说,"再吃点东西,慢慢喝。何大姐,要不你去榨点果汁来吧,榨点猕猴桃汁,或者西瓜汁,都行。"

孟家莹笑了。

"宋老师,我懂你的用心。可是我就是想尽兴一醉,你让我今晚醉一次行吗?"

她望着他,这个父亲般的男人、长者,诚恳地祈求。

"我想醉一次。"她说。

"好,"宋楚鸣松了手,"嘉树,那我们就一起醉?"

"行。"陈嘉树点点头。

"姑娘,"宋楚鸣望着她的眼睛,缓缓说道,"醉可以,不过,别做傻事。"

"您忘了?青山栈的前程,在我身上呢。"她微笑地回答。

"好。"宋楚鸣说。

他们不问,她也不说,只是貌似开心地喝酒。她是有些酒量的,一杯接一杯。宋楚鸣暗自惊讶。她忽然说道:"我随我妈,我妈是那种千杯不醉的女人。"她看他们一脸的惊愕,笑了:"不过我比我妈还是差一截。"

他俩同时松口气。

"我真见过千杯不醉的女人。"陈嘉树说,"好家伙,对酒精完全无感。"

"那是因为,她们身体里的两种酶的含量,比普通人要高。一种是乙醇脱氢酶,一种是乙醛脱氢酶。这两种酶,都是分解酒精的。"宋楚鸣回答,眼睛望着孟家莹说道,"可是,她们的肝脏和普通人并没有区别,所以,尽管她们不容易醉酒,可酒精摄入得太多,同样伤害肝脏。"

一瓶酒已经见了底。又开了一瓶。刘师傅和何大姐已经吃完饭,离开了餐桌。刘师傅去了后厨,何大姐则来到了吧台后边,开始榨果汁。她一边榨汁一边在心里盘算,好容易有了个客人,可是看样子,一晚上的住宿费,还不够赔这顿饭钱的。她叹口气,想,不是做生意的人啊。

"宋老师,您说得没错,"孟家莹接着宋楚鸣的话茬儿说道,"我妈就是肝脏出了问题,去年她去体检,发现她已经有中度的肝损伤了。"

"那你不是应该更要警惕吗?"

"我不用警惕,"她笑笑,有了酒意,"我活不到我妈现在的岁数。我长癌了。"

房间里突如其来一阵寂静。

榨汁机轰鸣着,像某种哀号。

"开玩笑吧?"陈嘉树小心地问。

孟家莹哈哈笑了:"怎么?难道还能是真的呀?当然是开玩笑。"她说:"我有点醉了。"

"喝杯果汁吧,"宋楚鸣说,"我去泡壶茶。"

何大姐端过来一扎猕猴桃汁和三只玻璃杯。绿色的汁液,飘散出浓郁的果香。

"何大姐,你把酒杯酒瓶都收了吧。"陈嘉树借机吩咐。

孟家莹也没有再坚持。

宋楚鸣用一只托盘端来三杯绿茶。

孟家莹端起面前的茶杯,低头闻了闻,长叹一声:"好香啊——"

"喜欢绿茶?"宋楚鸣问道。

"对,"孟家莹回答,"只喜欢绿茶。龙井、碧螺春、毛尖、毛峰、最普通的炒青,只要新鲜,都喜欢。"

"你是江南人?"

"不是,"孟家莹回答,"我是北方人。"她说:"我男友是江南人。"停了片刻,又说:"前男友。"

他们都懂了。

"我们在一起,六年多。从大三开始,到研究生毕业,毕业后我留在了他的城市,他进了一家外企大公司,我也进了一家不错的私企。我们一起规划未来,攒钱，商量怎么买房子付首付，节假日一起去看楼盘，毫无预感……"她笑了，"忽然之间，天地变色。没有过渡，也许有，我没发现。他说他陷进去了，陷进爱情里了。他让我救救他，放他一马。我问他，你陷进爱情里了，那我们是什么？我们不是爱情吗？他回答说，再好的爱情，也有花期。"孟家莹手捧着茶杯，俯下头，轻轻啜饮了几口茶水："回答得真好啊。又诗意又哲学。"她又笑笑："其实呢，是一个富二代在追求他，他爱上了富二代。他没法不陷落啊。一边，是辛苦的人生，是几十年的房贷，是以两家人的洪荒之力，勉强才能凑够的一套远离市区的两居室首付，是将来有了孩子，绞尽脑汁想办法租一套好的学区房的局促未来；而另一边，是富足、安逸、优雅的人生，是一幢现成的装修精良的独栋别墅，在最好的黄金地段，是一辆我叫不上型号的保时捷，能亮瞎人的眼睛，是有了孩子可以上最好最昂贵的国际学校，在高中就可以直接送到美国或者英国的私立学校，避开国内高考这座独木桥。总之，是穷尽我的想象也无法想象的高大上，是我和他奋斗一辈子拼一辈子，也远远不能到达的那个金字塔的塔尖……我不败，天理何在？"她醉眼蒙眬地笑着，望着对面的两个陌生人。"天理何在？是不是？后来就连他妈也跑来了，跑来求我，说：'家莹啊，你凭良心说，这些年，阿姨对你不错吧？把你当亲闺女吧？可我毕竟就这一个儿子，哪个当妈的不想儿子幸福？你就退一步，给他幸福吧。你还年轻，何必在一棵靠不住的树上吊死？'后来她急了，说：'孟家莹你真是不可理喻，人不能不讲理呀！'——"她随手抓过一杯果汁，咕咚咕咚喝了几大口。"说得不错，我不能不讲理，我不能不让人家幸福、发达。就这样，一个老故事，一个生生不息、嫌贫爱富的故事，毫无新意。我真是瞧不上我自己啊，就连失恋，也这么落俗套，没点儿创造性！"她又笑了。"这样落套的故事，对人类来说，是已经重复了成千上万次，写成小说，编成电影电视，早都没人爱看了。但是啊，对我，对孟家莹来说，是第一次啊。是开天辟地的第一次。是血淋淋的第一次啊……"她忽然说不下去，无声地哭了。

天地静谧。

远处，山里的鸟鸣声，忽然变得清晰。杜鹃、夜莺，还有更多叫不出名字的夜鸟，这里那里，在山林的深处，更深处，一声一声，叫得又喧腾又忧伤。他们两人，宋楚鸣和陈嘉树，一人一边，沉默地，望着那个哭泣的姑娘。他们无能为力。生活在太多的时刻，总是让人无能为力。就让她哭吧。他们把一包纸巾悄无声息地放到她手边，这是他们两个过来人，此刻唯一能为她做的事情。

许久，她擦去眼泪，说："我醉了。"

她又说："我一喝醉，就爱哭。"

"茶凉了,"宋楚鸣说,"我去续水。"

另一边的何大姐闻声,将一把电热水壶拎过来,默默地,为每一个茶杯添上滚水。陈嘉树说:"何大姐,要不,去煮一盘饺子吧,刚才只顾喝酒,这会儿,有点饿了。"

"好。"何大姐转身去了后厨。

孟家莹吸吸鼻子,说:"还真是饿了。"

"我们青山栈的饺子,很好吃。"宋楚鸣望着她淡淡地说。

"是新鲜猪肉和山野菜馅儿。"陈嘉树补充。

孟家莹忽然笑了:"不好意思啊,我一喝酒,话就多,跟你们两个陌生人说这些事情,冒犯了。"

"姑娘,"宋楚鸣回答,"有些时候,有些话,只能和陌生人说。这是人生中常有的事。"

孟家莹望着他。

"陌生人就是树洞。"宋楚鸣笑笑,这么说。

孟家莹眼圈又红了。她想,苍天有眼,来对了。她忽然很感谢自己的直觉。

"我开车经过山口,看到了青山栈的指示牌,上面说:为我停留,你不会后悔。真好。"她忽然这么说。

"那是宋老师的话。"陈嘉树说。

"不是我的话。"宋楚鸣摇摇头。那应该说是晓山的话,他想,晓山如果在,会这样说。他在模仿晓山。

饺子来了,热气腾腾一大盘。托盘上,还有一小碗蘸料。何大姐放下托盘，先清理了桌面，把饺子端到桌上，又拿来干净的调味碟和筷子，摆好了，说：

"快趁热吃吧。"

他们吃饺子。何大姐又去后厨做了一钵酸汤，端上来，对他们说道："喝碗酸汤，解酒。"

"哦，酸汤饺子，在论的。"陈嘉树笑道，一边起身，给大家拿碗分汤。

"姑娘，可以问问你，接下来，你要去哪里吗？"宋楚鸣忽然这么问道。

"我这一路，本来是奔着大峡谷去的。"孟家莹回答。"其实，我要去哪里，自己也不太清楚。我辞职了，我不能忍受和他——"她笑了笑，"和他同在一个城市，我受不了。可我也不想回老家去，我这个狼狈的样子，不想让父母看到。我退了房子，把东西收拾好，用德邦物流寄到了北京我一个好朋友那里，然后我就开始自驾旅行，算是给自己放个假吧。"

"可是，姑娘，我其实，有点介意你刚才说的一句话，"宋楚鸣望着喝汤的孟家莹说道，"那句话，不是开玩笑吧？"

"哪一句？"陈嘉树困惑地问道，"哥，哪一句？"

宋楚鸣没有回答。

孟家莹怔了一怔。低下头，沉默地喝汤。她默默地把汤喝完，推开碗，抽出纸巾擦了擦嘴。

"对，不是开玩笑。"她轻轻回答。

她辞职后，清理东西，准备离开那个城市。收拾东西时，一用力，常常感到右边腋窝下有隐痛。洗澡时，她发现了乳房的异样。等一切料理停当，她去了医院。做了病理切片，结果不好。还需要等待一个更为准确的基因报告。她没有等，仓皇地驾车出逃了。她不知道该怎么面对那个报告。她恐惧。

"就是这样。"她说。

这个世界，真是无情。

"宋老师，陈老师，"孟家莹望着面前这两个善良的人，轻声说道，"我说实话，这一路上，我都有一种冲动，我知道我没有办法一个人去面对那一切，我想找一个安静的地方，去死……"她怯怯地笑笑。"我一次一次跟自己说，死吧，死了，就不用面对了，不用做手术，不用考虑是切一只还是全部切掉，不用放疗、化疗、靶向治疗，不用忍受那么多痛苦。"她眼里慢慢涌出泪水，"可是，死，没那么容易呀。我一天一天拖下去，说，明天吧，明天再死……"她用手抹去眼泪。"宋老师，您不知道，您让我想起我的父亲。我父亲是一个最普通的中学教师，可他是世界上最善良最温柔最慈爱的父亲。我要是就这么死了，他怎么办？我刚才一个人在房间里的时候，一直在想这个问题，我要是死了，他怎么办？还有我妈怎么办？他们就我这一个孩子。"泪水又一次涌上来,"谢谢青山栈,谢谢你们,谢谢这个有酒有美食的夜晚,谢谢何大姐,谢谢她的饺子还有酸汤,你们放心,我会回去,回医院,拿到报告,遵医嘱,治疗。我会记住,青山栈的运势、前程在我身上呢!"她含着眼泪微笑,说道:"我都敢死,还有什么不敢的呢?何况,我也知道,如今的医学发展很快,癌症已经不是绝症,等我治好了,我想来青山栈应聘,可以吗?"

"一言为定。"宋楚鸣说,"我们等你。"

"听,"陈嘉树说,"这是夜莺,听过夜莺的叫声吗?你听,孟家莹,多好听啊。"他望着她:"山林,夜莺,青山栈,还有我们,都等着你。"

第二天上午,孟家莹走了。他们目送着她的车,驶出山口。宋楚鸣对陈嘉树说:

"为什么毁灭的、遭受磨难的,都是最美好的呢?"

没人能够回答。

"她会回来吧?"陈嘉树问。他是在问命运。

可是她没有回来。半年过去了,一年过去了。一年又一年过去了,她再没有出现。也没有她的消息。或许,她忘记了这个萍水相逢的地方,忘记了这几个萍水相逢的过客,忘记了一生中某一个夜晚,又或许,她是永远来不了了。

他们选择相信,是她忘记了青山栈。

七 良辰美景

有一年，顾晓山获得了一个机会，去法国巴黎四大做为期一学年的访问学者。访问接近尾声时，恰巧，宋楚鸣也去法国参加一个会议，他们俩，在巴黎会合了。

那是他们难得的一个假期。

时值六月，正是薰衣草开花的季节。他们租了一辆越野的丰田汽车，一路开往南方。他们本来可以选择乘TGV（高速列车）到阿维尼翁，然后在那里，租车或者包车，但他们还是更喜欢自驾。

其实，他们并没有明确的目的地。

在一片未知的土地上，去往一个不确定的地方，他们喜欢这种感觉。

也并不一定要凑热闹，奔向众望所归的薰衣草。

边走边看。喜欢，就停下来。为美景，或者，美食。

有一天，他们沿着一条通往山区的公路，去往一个叫穆斯捷-圣-玛丽的小镇，也就是那个被称为陶瓷小镇的地方。这个古老的小镇，地处阿尔卑斯山脉，因为一座建于公元五世纪的修道院而得名。路不熟悉，跟着导航，还是走了岔路，无意中，他们拐进了一条通往峡谷的道路。峡谷幽深美丽，开着开着，眼前一亮，就看见了那栋沉静拙朴、土黄色的石头建筑。夕阳辉煌地洒在它的红瓦顶和四围的薰衣草上，有种梦幻感。晓山脱口而出："好美！"

就这样，他们邂逅了这个隐居在深山里的米其林一星餐厅。

它甚至还是一座有十一个房间的旅舍。

这一晚，他们就在这里住下了。

服务员说："你们很幸运。"服务员是一个迷人的蓝眼睛小伙子，他告诉他们，虽然这个餐厅和旅馆藏在深山，并不容易找到，可还是有很多人慕名前来。它常常很难预定。"可你们就这么跑来了，居然还有空房间，就好像是特意为你们保留的一样。"

宋楚鸣和晓山，会心一笑，心里说："缘分。"

房间同样古朴而优雅。古老的四脚大床、黑色的铁艺装饰、地中海蓝的小书台、白色亚麻床品和经典的普罗旺斯风格的刺绣窗帘，都是晓山的所爱。她推开窗子，扑面而来的，是薰衣草浓郁的香气和一阵山风。凭窗眺望，天空湛蓝通透，万木葱茏。深深浅浅的绿色中，阿尔卑斯山脉蜿蜒起伏。可以看到依山势而建的修道院尖顶的钟楼，古朴，沧桑，肃穆，美。晓山静静凝望，深吸一口气，说："醉了。"

宋楚鸣走过去，从身后抱住了她，说："我也醉了，"他用脸颊轻轻蹭她的耳朵，"你为美景，我为你……"

他们在群山环抱、落日辉煌的美景中亲热。

钟声远远响起，是半山上那座修道院晚祷的钟声。

晓山忽然之间热泪奔涌，她说："我们怎么能这么幸福？宋楚鸣，我害怕……"

"傻老婆啊。"他回答，抱紧了她。

他们洗了澡，下楼吃晚餐。

他们俩，被引领到主餐区一张小桌旁。

这个著名的餐厅，并不奢华。它分成四个不同的区域，主餐厅和两个小偏厅，以及一个可以容纳八个人、四壁都是开放式书柜的包间。白色是它的基调。桌布、四壁书柜，以及大部分餐具，都是白色的。那些漂亮的白色餐盘餐碟水杯等，都产自这个叫作穆斯捷-圣-玛丽的小镇。几件深胡桃色古董家具，陈列柜和餐边柜，在白色背景下，凸显了出来，有一种迷人的故事性。餐椅也是灰白色调的古董椅，巧妙地和花鸟图案的乡村风格靠背椅混搭。在柔和的灯光下，看上去清爽、沉静、舒适、朴素而精致。

点餐时，有趣的事发生了。原来，这里的菜单，永远只有两种套餐，客人只能在这两种套餐里选择一种。

当然，菜单每天都在更换。

每天，园丁在他们餐厅自己的菜园里，采摘到什么样的蔬菜果实，在村庄小镇的集市上采买到什么样的食材，给厨师什么样的灵感，决定着当日菜单的形式和内容。

有意思。他们想。

宋楚鸣是中国胃，对于西餐，他没有任何偏好。

"你选吧。"他对晓山说。

晓山想了想，对侍者笑笑，说："您可以推荐吗？"

于是，这一晚上，他们吃到了主菜是红酒小牛腿和海鲜意大利饭的那款套餐。开胃小品是乡野风味浓郁的杂蔬配风味面包片，搭配三种沙司：橄榄泥、沙丁鱼酱和咖喱土豆泥。前菜同样充满田野风情，正是他们菜园中当天的收获，萝卜、芹菜、茴香和菌类，名字亦很朴实直白，就叫炖杂菜，是普罗旺斯当地的传统菜肴，完全不入米其林的套路——他们吃的，是普罗旺斯大地的味道。这一点，让不懂西餐的宋楚鸣很是满意。

他还喜欢侍酒师搭配的两款葡萄酒。一款，配炖杂菜和海鲜意大利饭，是有着普罗旺斯阳光般金色的白葡萄酒：Viognier（维欧尼）。另一款，佐小牛腿的，则是产自洛克风车酒庄的红酒。这个酒庄的标志——蜥蜴，据说，是深受普罗旺斯人喜爱的绿色小生灵，它对普罗旺斯的生态有重要的保护作用。

他们碰杯。

晓山喝了一口，说："这酒是活的。"

她换了一件无袖一字领的棉质长裙，头发挽成一个高高的发髻。一张光洁的素面上，隐隐有了酒色。酒使她眼睛里水波荡漾，嘴唇愈发鲜艳。宋楚鸣望着她，说道："我们就像在度蜜月。"晓山笑笑，回答说："更像是梦。太美了，就不真实。"

宋楚鸣心里忽然有一点异样的感觉，有一点奇怪的不安。

"晓山，"他说，"你得答应我一件事。"

"什么事？"

他望着她，神情变得严肃。"你不能走在我前边。你不能比我先死。"他说。

晓山笑了。"这种事，我答应了也不算啊。"她说。

"我不管，反正你得答应。"宋楚鸣说，他攥住了晓山的一只手，"我要你向上帝保证。"

"不行，人不能承诺没把握的事。"晓山笑着回答。

"在这里可以，这里是普罗旺斯，"宋楚鸣说，"普罗旺斯从来都不是现实主义的。你告诉过我，这里是骑士抒情诗的发源地，对吧？地中海、热烈的阳光、美酒、薰衣草、抒情诗，还有疯狂的梵高……在这里，可以不按牌理出牌。"

"不可以，这里离上帝很近，不能开这样的玩笑。"晓山回答，一抬头，说道，"哎呀，甜品上来了！"

她岔开了一个重要的话题。

"这里离上帝很近。"这句话,莫名地,让宋楚鸣感到肃然。

甜品真是太漂亮了。巧克力"心太软"和香草雪芭,充满诱惑地,躺在一只洁白的陶瓷大盘上,一只鲜艳的红樱桃,缀在巧克力之上,美得触目惊心。晓山说:"忽然舍不得吃了。"她抬头对宋楚鸣微笑:"吃完它,就结束了。"

回程的路上,他们看到了广袤原野上望不到头的薰衣草田。紫色的花海,在金红的晚霞中,如波涛般翻卷。艳情的波涛,涌入霞光里,美得令人震撼。他们停车,静静地看了许久。晓山哭了。

美,总是能让她哭。

她想:"美是如此不幸啊。"

美,巨大的幸福,都让她害怕。

八 入侵者

有这样一群人，在大地上行走，到处寻找着某种东西。寻找它们的行踪，发现它们，追踪溯源，厘清它们的来历，比如：故乡在何处，什么时间，以什么方式来到了我们的土地上，又会对我们造成何种危害，等等。这是一群科学工作者，他们寻找的，是外来入侵植物。大地上的入侵者。

原来植物也有入侵者。

这是一个庞大、艰巨且艰苦的工程。

九百六十万平方公里的大地上，南北西东，平原，田野，乡村，城市，大山深处，森林腹地，遍地的植物中，万千植物中，寻找辨识那些入侵的异类，收集标本，调查取证。最终，要编写一部史诗——《中国外来入侵植物志》。可想而知，这工作的浩繁与艰辛。

他们分成若干个队伍，去往不同的方向。

有一天，其中一支队伍，来到了北方山区。下榻在了青山栈。

这支队伍，领头人，是北京一所大学的教授，姓田。带着他的四名学生，三男一女，入住了三间客房。教授自己住一间，三名男学生共住一间，另一间则是女学生住。

田教授有一个朋友，这个朋友认识米庐，米庐听说田教授一行要到这一带做田野调查，就向他推荐了青山栈。米庐说，那是一个有趣的地方。

米庐给陈嘉树发了微信。

陈嘉树回复："没问题，放心。倒是你，好久没来青山栈了，想你了。"

米庐回复了一个字："忙。"

但是几天后的傍晚，他突然风尘仆仆，开着他的老吉普，出现在了青山栈。

"你小子，神出鬼没啊！"陈嘉树惊喜地大叫。

"田教授他们到了吧？"米庐问。

"到了，都安排好了，真巧，你们前后脚。"陈嘉树回答，"啊，原来你是视察来了？不放心啊？"

"是谁说想我了？"米庐笑着说。

其实，是他想青山栈了。

几年来，青山栈隐在深山，却也为自己赢得了一些名声。它从没有营销自己，没有期望赚很多钱。它耐心、沉静，等待着该来的客人。为我停留，你不会后悔。这是它的自信。渐渐地，它拥有了不错的口碑。来过的客人，向别人推荐它的时候，都会这么说："去吧，你绝对不会后悔。"几年来，它没有改变，还是只有八间客房。只是，院子里，多了一些树和植物，多了两个服务员。这样，何大姐就是专职的"大厨"，两个服务员，负责客房卫生和餐厅服务。刘师傅则身兼数职，去集市和村里采购，打理青山栈自己的菜园，还兼职下夜和修理工的工作。

两个后来者，都是村里的年轻姑娘，本来，都在外边打工，经历了一些事情，回家了。休养生息一段日子，厌倦了村庄的沉闷，刚好看到了青山栈贴在大门口的招聘启事，就来应聘。巧的是，两个姑娘，一个叫二燕，在城里做家政，另一个，姓苏，则做过饭店服务员。都是行内人，很适合青山栈，陈嘉树高兴地录用了她们。

这样，青山栈就拥有了四个员工。

一年中，宋楚鸣有大部分时间，都是在山里度过。他越来越适应山里的日子，适应这种朴实的生活。他和刘师傅一起，打理菜园，种各种有机蔬菜。他在院子里，侍弄花木，当一个园丁。曾经，他不知轻重地对晓山许诺："将来，等我们退休了，找一处地方，我给你打造一个桃花源。"那时他不知道他们没有"将来"。至于"桃花源"，他一直都知道，那只不过是人类的一个梦想。

他曾经那么喜欢的戴尔巴德月季，那些莫奈、帕尔马修道院、蓬巴杜夫人、马塞尔·普鲁斯特，还有最迷人的印象派，他都舍弃了。当初，喜欢它们，选择它们，很大原因是晓山：这些花朵的名字都和她的专业有关，他觉得有趣和神奇。在晓山健康的时候，它们从来没有引起过她太多的注意。她活得太匆忙，等到她病重的时候，才和它们相遇。从此，在宋楚鸣心里，月季和蔷薇，就成了他不能愈合的伤口。

还有至痛的薰衣草。

现在他种那些更朴素也更坚韧的植物，随意撒一些耐活的花籽，像蜀葵、凤仙花、太阳花、波斯菊等等，种在向阳的空地上，这里那里，一簇一簇，开花的季节，五彩缤纷，是那种人间烟火气的鲜艳。他和它们相处，有一种朴素的情愫。

他认识了河对岸村子里许多老人。他们都叫他"宋老师"。村庄不算大，只有百十来户人家，如今就更少。青壮年大多出去打工了，山里的生活留不住他们。不少人家迁走了，去了县城周边，或者是镇子上。留下来的，大多是老人和孩子。这两年，因为青山栈，村子里的老人们有了一些收益。每天，刘师傅会来村子里，买鸡蛋，买他们养的走地鸡，买他们采来的各种山货：蘑菇、木耳、蕨菜、榛子、板栗，买他们自家地里或树上的瓜果梨桃、柿子红枣。村里的老年妇女，有的会绣非常漂亮的鞋垫，宋楚鸣和陈嘉树都很喜欢，于是挨家买了来，作为青山栈的礼品，送给每一位来入住的客人。这个绣品鞋垫，就成了青山栈固定的订单。

村里的孩子们，也都认识宋老师和陈老师。每天下午，放了学，背着书包，从河对岸那个村小一路走过来，青山栈图书室是他们的目的地。宋老师或者陈老师，已经开了图书室的大门，在等他们的到来。只要孩子们愿意，那里，就是他们又能做功课又能看书的地方。有时候，学校的老师会带孩子们一起来，在这里做一些和阅读有关的活动。宋楚鸣泡一杯茶，捧一本书，坐在门前等待孩子们叽叽喳喳小鸟一样飞进来的时刻，心里是快活的。

有时，宋楚鸣和陈嘉树会沿着青山栈后面的小路，爬到山顶。在那里，俯瞰山下的村庄和他们的青山栈，或是眺望对面的山峦。陈嘉树会坐下来画画，写生；他在一旁，静静地坐着，不动，就看山。山是看不厌的，也永远看不懂。偶尔，某个瞬间，他会突然恍惚，想："我怎么会在这里？发生了什么？"那种时刻他会有突如其来的失重感，就像坠落，耳旁是呼呼的风声，鼓膜刺痛，而眼睛里，会慢慢涌上来泪水。

山也许能治愈他。也许不能。

那一天，因为米庐的突然到来，青山栈洋溢着快乐。

何大姐闻声从厨房跑了出来，穿着厨师的白色工作服。米庐见了她，喊道："何大姐，何大厨，想你的饺子了！"何大姐说："不想我想饺子，不给你包！"

"对，"刚从外面进来的宋楚鸣接上了话，"不是想饺子，你还不来是吧？"

米庐回头，笑了。"哥！"他说，"哪能啊，我这不是来了嘛。"

陈嘉树在一旁说："他是来监督我们来了，怕我们慢待他的客人。"

"我来凑热闹。"米庐嘻嘻笑，"我喜欢盛宴不散。"

夕阳坠落了，山辉煌沉静，新月却已经升上了山巅。这自然又将是一个有酒有美食的夜晚。他们选择了在户外凉棚下就餐，一个刘师傅自己打制的防腐木大餐台，铺上了新熨烫的土布桌布，餐具则是本地区烧制的一种黑釉。餐桌上方，吊着一盏太阳能风灯。田教授和他的学生们走过来，先一声喝彩，对米庐说道："果真有趣。"

田教授原来并不老，理寸头，穿牛仔裤，套一件松垮的大T恤，一脸的风霜，但人看上去还很是年轻有朝气。宋楚鸣说："如今的教授都这么年轻啊。"田教授笑了，说："不年轻了，四十多了。"

宾主寒暄着，一一入座。

"宋先生，"田教授一边打量四周一边说道，"我没有想到，这个青山栈真是挺有意思。"

宋楚鸣回答说："这是米庐的心血之作。没有他，不会有青山栈。"宋楚鸣笑笑："他强加给我的。"

"是吗？"田教授转脸问米庐。

"算是吧。"米庐也笑了。

"我做田野调查，住过不少民宿，"田教授说，"也有非常风格化的，精心设计的，什么乡村风、民国风、新中式、美式乡村风，各种名目。我还以为青山栈也不过就是一个有设计感的、有设计趣味的民宿，大同小异吧，可没想到，它真的很不一样。"

"哪里不一样？"陈嘉树好奇地问。

田教授想了想，说道："气质不一样吧？精神气质不同。"

宋楚鸣笑了，说："可能是因为我们俩不着急。"他指了指嘉树。"做青山栈，本来就不是我们的初衷，是米庐以他的热情说服了我们。这之前，我住过大大小小的酒店，几乎没怎么住过民宿。民宿该是什么样子，我俩没有概念。"他淡淡地说，"也就不去想那么多了。就当它是一处风景，一条河、一座山、一棵好看的大树，在那儿，等着有人走近，走过来，看见它，发现它，为它停留片刻。至于喜不喜欢它，不去计较，随缘。"

"羡慕你们。"田教授沉吟一会儿，这样说道，"毫不急功近利。"

"但是必须要知道，我和嘉树，我们俩，都不靠青山栈谋生。这是前提。嘉树是个有名气的画家，我呢，虽然辞了职，隐居在这儿，可我一直有些投资收益，还有些从前积累下的老本。不管我做不做民宿，我都会租下这院子，改造它。所以，某种意义上说，青山栈是理想，不是生存。"宋楚鸣认真地说道。

"懂了。"田教授回答。他想，还真是一个有趣的地方。是理想，而不仅仅是柴米油盐。

菜来了。

酒是汾酒，二十年陈酿的"青花瓷"。给在座唯一的女士，准备了一瓶"莫斯卡托"甜白起泡酒。他们礼节性地碰了三杯之后，宋楚鸣说："田教授，酒，您随意。想尽兴，我陪您，不想喝，就吃菜。都是农家土菜，本地风味，但绝对绿色。"

"来，小伙子们，我们喝。"陈嘉树招呼那三个男学生。

"田教授，"宋楚鸣说，"你们来这里，是做什么调查？"

"哦，是'入侵植物调查'。"田教授回答。

那是宋楚鸣第一次听到这个词。

"什么？"

"入侵植物调查，"田教授说，"就是来找那些外来的，对我们本土的生态有危害的植物。"

"太专业了。"陈嘉树摇摇头，"不明白。"

"你们不需要明白，"田教授笑着回答，"我们明白就行。"

"想听听。"宋楚鸣说。

"就是说,我们要从大地上无数种植物里,找出外来的入侵者,采集所有的标本,追踪它的足迹,查明它的种类和分布,以及它的危害性。最重要的,是找到它的入侵途径、入侵时间还有它的入侵方式。比如,它原生于什么地方,是美洲还是澳洲?最早离开本土是到了哪里?什么时间,又是通过什么方式,从中转地来到了我们的国土上?是人为引进,还是自然传播?一样一样弄清这些来龙去脉。"

"我的天,"米庐叫起来,"这,这不就是人类世界的警察侦破案件吗?还是跨国犯罪。"

"有点像。"几个学生哈哈笑着点头说。

"可是,像我们生活中常见的土豆、胡萝卜、玉米,还有辣椒、葡萄,这些,不都是外来植物吗?太多了呀!怎么区分它们和入侵植物?那当初,它们算不算入侵植物呢?"宋楚鸣疑惑地问道。

"它们算人类的归化植物。"田教授回答,"它们从外域被引入后,经过栽培驯化,最终成为家生状态植物。这类植物,都有非常清楚的来源。"田教授笑笑:"归化植物又分自然归化植物、人为归化植物和史前归化植物,要细说起来,一时半会儿可说不清楚。"

"那就不说。"陈嘉树爽快接话,他对这个话题明显没有兴趣，"专业的事，我们很放心交给专家。"

大家都笑了。

饺子上桌了。两大盘。二燕和小苏，一人一盘端上来。二燕把自己手里的那盘放到了离米庐近的地方，说："何大姐说了，这盘，是米设计师的最爱：荠菜猪肉鸡蛋馅儿，专给你包的。"

米庐惊讶地叫起来："不会吧？这个季节，怎么会有荠菜？"

"你尝尝啊。"陈嘉树笑着说。

米庐疑惑地夹起一个饺子，放进嘴里，一咬，惊喜地说："还真是荠菜呀，哪里挖来的？"

"今年春天，我们接待了几个南京来的客人。"陈嘉树回答，"正好是吃荠菜的时候，给他们从地里现挖来了荠菜，做了锅贴、馄饨。他们吃得高兴，教了我们一招保存荠菜的方法：把春天挖来的荠菜焯水，然后用手捏成团，冷冻在冰箱里，可以保存很久。这不，何大姐就照做了。还真不错，当然比新鲜的还是略逊一筹。来来来，田教授，大家尝尝。"他招呼着大家吃饺子。

田教授说："我也是荠菜控。"他吃了几只，连连称赞，忽然说道："对，刚才说到归化植物分类，知道不？这荠菜，就是'史前归化植物'。"

"好家伙，真有来头，高大上啊！"陈嘉树惊奇地叫出声，"跟专家在一起就是可怕，哪儿哪儿都是典故，样样在论。这下，对这小小荠菜也心生敬畏了。"他夹起一只饺子，咬开，左看看，右看看，说："史前归化，就是说久远到没有记载了？请问老人家，你从哪儿来啊？"

大家又笑起来。

米庐说道："真是有点奇异的感觉。田教授，那，我们餐桌上，不会有入侵植物吧？"

"怎么会有？"陈嘉树抢着回答，"当然不会。"

田教授笑笑，说："还真有。"

"啊？"

田教授指指他的学生们，说："你们谁来告诉主人？邓羽，你来说说？"

叫邓羽的女学生笑笑，指指一盆豆腐羹，说："这是野苋菜豆腐羹吧？这种野苋菜，学名叫'反枝苋'，是入侵植物。"

"啊？"陈嘉树太惊讶了，"这野苋菜，田间地头，山里阳坡，很常见啊。嫩的野苋菜，做馅儿、凉拌、清炒、做羹汤，都好吃，而且，据说营养价值很高的呀。"

"是，它可以食用，"邓羽回答，"营养价值确实不低。不过，它是具有破坏性和竞争性的杂草，会让多种农作物和蔬菜持续减产。"

"它从哪儿来的？"米庐问。

"它老家是在北美洲。"田教授回答说，"来到我们土地上的具体时间不太清楚，不过它出现在我们中国最早的记录是一八九一年,最早的一株标本,是一九一四年在天津采集到的。"

"还真遥远。"米庐说,"它怎么来的呀?"

"风、水流、鸟群、昆虫、粪肥、人类的农具……都可以把它带来。它跟随人类的迁移在全世界播散。生命力极其坚韧顽强。"

"牛!"米庐说。

宋楚鸣想说什么,又咽下了。

"宋老师,"田教授望着他说道,"您想说什么?是不是还有问题?"

宋楚鸣摇摇头,回答道:"没有。"他想了想,又说:"就是忽然觉得,所有那些外来植物,不管是归化的,还是入侵的,有害的,还是无害的,很悲壮,像史诗。"

这话,让一桌人静默下来。

田教授说:"宋老师,您是学什么的?文学吗?"

宋楚鸣笑了:"我不是学文学的,是不是觉得这话太矫情了?"

"不是,"田教授摇摇头,"这些年,我们做田野,做自然驯化植物和入侵植物调查,非常艰苦,经常露营在荒山野岭,或者是住人家废弃的农舍、营地,啃冷干粮,几天吃不上一顿热汤热饭,还经常遭遇各种意想不到的险情,但心里其实有很多触动和感动。小小一棵野草、一株野菜、一朵花,漫漫长旅,千曲百折,有时甚至是鲜血淋漓，追根溯源，真让人肃然起敬。我一直找不到一个词来表述这种感受。对，就是您说的，悲壮。宋老师——"他站起来，端起了酒杯："敬您。"

宋楚鸣也忙站起来，举起杯子，说："敬万物。"他们轻轻一碰，饮干了。

"我妻子是学文学的，她在大学里教比较文学。"他们坐下后，宋楚鸣突如其来地这么说。

"哦？她没在这里吗？"田教授问。

"教授，"米庐急忙打断了他，"师母已经不在了。"

田教授一愣，正要开口道歉，宋楚鸣制止了他。

"没事，"宋楚鸣停了片刻，说，"在我们南方的家里，我曾经种了很多戴尔巴德月季。我妻子不热衷园艺，她非常忙碌，是个工作狂，没怎么注意过那些花朵。其实，我是为她种的，我选择的品种，名字都和文学或者艺术有关系。"他望着田教授笑笑。"她病重之后，医生让我把她从医院接回了家。第一天早晨，我们在天台花园里吃早餐，她忽然问我，这些花都叫什么名字？真美。她终于注意到它们了。我一样一样告诉了她，帕尔马修道院、马塞尔·普鲁斯特、莫奈、印象派……她听了，说了一句。她说，它们漂洋过海来到我们这里，真不容易啊。"宋楚鸣端起酒杯，并没有喝，又放下了，"她望着它们的眼神，很悲伤，满是眷恋和不舍。让我特别特别难过……她的病，发现的时候，就

119

已经转移到了淋巴,太晚了。医生说那种癌,亚洲人几乎很少有人得,所以他们高度怀疑,我妻子不是纯粹的亚洲血统,只不过她自己不知道。她确实不知道。她所有的亲人,父母,祖父母外祖父母,太爷爷太奶奶太姥爷太姥姥,没有一个是混血,也从没听家族中任何人跟她说过,有过一个来自异域的什么先人。"宋楚鸣又淡淡地笑笑:"不管这种推测和猜想是真是假,可一个如此小概率的灾难,就这么从天而降,砸到了我们头上……我放弃了去追究这灾难的起源,我恐惧它的结果。我以为我妻子也和我一样。但是那个早晨,听她那么悲悯地说那些花,那些月季和蔷薇,我才知道她介意这件事,介意这灾难的'因'……她为生命的漂泊,为这种巨大的混沌和偶然性悲伤。"

他平静地叙述。这是他第一次,在外人面前,谈论晓山的病和死。突如其来,却又水到渠成。他从容地倾诉。山月升到了他们的头顶。田教授、陈嘉树,还有米庐,静静聆听。山风掠过林梢,也在听。夜鸟在听。还有绵延起伏的山峦,流淌在峡谷中的河流,大地上的植物,葱茏的万物,入侵的或是土生土长的,都是倾听者。一场伟大的聆听,让渺小的死,变得悲壮和诗意。

九 最后时刻

有一天，晓山对宋楚鸣说："到最后时刻，还是送我去医院吧。"

宋楚鸣回答："好。"

"但是，"晓山继续说道，"不要做任何无谓的抢救，不要切气管，不要插管，不要心脏电击。"

"那，为什么要去医院？去医院，进了ICU，我就不能时刻守在你身边了。"

晓山笑笑。

"宋楚鸣，我要是死在这座房子里，你以后，还怎么在这间房子里生活？你会难过。"

"不，"宋楚鸣回答，"从现在起，每分每秒，我都要和你在一起。我不放你走。"

"可是我会痛苦，医院有办法可以让我不那么疼。"晓山说。

这话，说服了宋楚鸣。

"我听你的。"他说。

"帮我，让我走得从容优雅一些。"

宋楚鸣震撼。他说："好。"他知道这承诺的分量。

她一天天消瘦下去，衰弱下去。进食越来越少。他和护工阿姨，想方设法，为她煲各种汤，榨各种果汁和蔬菜汁。热带水果熟透的浓郁香气，弥漫在房间里。日后，它将成为宋楚鸣终生不能闻的哀伤气味。

她一件一件，安排着自己的身后事。他们平静地商量。

"我走的时候，穿这件白色的连衣裙。"她已经没有力气走路，坐在轮椅上，让宋楚鸣把她推进衣帽间，打开衣柜门，一件一件查看："上面搭这件乳白色桑蚕丝绣花唐装。"

宋楚鸣伸手摸了摸它们。这两件，都是他送晓山的礼物。

"好。"他回答。

"鞋呢？穿什么鞋好？"晓山自言自语，"好像不能穿皮鞋。"

"为什么？"宋楚鸣问。

"说是穿了皮鞋、皮的东西，下辈子，会变猪。"晓山回答。

"哦——还有这些讲究啊？"

"可不，多着呢，都是我姥姥那时候告诉我的，我也记不住。"

"那就穿这双吧，"宋楚鸣指着一双银粉色缎面绣花鞋,"这双很漂亮,你从来也没穿过。"

"好,听你的。"晓山回答,"幸好我们没孩子,要不,就不能穿它了。"

"为什么?"

"它是缎面的,缎子,断子,对孩子不好。"

他们一问一答,就像聊着最普通的家常。也是,死,对世界来说,就是它的日常。

夜深,躺在床上,睡不着。她说:"宋楚鸣,我要一个最安静的葬礼。除了你,和我那几个最好的朋友,不要别人。"

"那晓河呢?总得告诉晓河吧?"宋楚鸣问道。晓河是晓山的弟弟。

晓山想了想,说:"这事,我也反复想了,他在美国,那么远,告诉他也未必能赶得上。还是等一切过去后,再对他说吧。"

宋楚鸣沉默了。

"晓河脆弱。我怕他受不了。"晓山的声音有了一点抖动,"他太依恋我,把我当妈妈……"

宋楚鸣一翻身,拥住了她。她消瘦得就像一缕魂魄。他心痛地搂着她,说:"你放心。"

放心什么呢?宋楚鸣无助地问自己。他一点也不放心啊,他最不放心的是自己。他怕自己根本扛不住。

晓山母亲去世数年后,父亲再婚,又生下了一个异母弟弟。晓山姐弟俩，一直跟随姥姥姥爷生活，和父亲渐渐形同陌路。当年，父亲曾经揭发过母亲，没人知道他是由于恐惧自保还是真的激进。晓山不能原谅父亲，姥爷和姥姥就更不能。特别是姥爷，他一向视女儿如宝如珠。晓山的姥爷，是一个老教师，在这座城市郊区一所工业专科学校教公共语文。他把女儿的自杀完全归咎于女婿的背叛。那一年的除夕，姥爷喝醉了。他抱着晓山妈妈的照片呜呜地哭，老泪纵横。嘴里说着：

"我为啥不坚持啊！我当初明明看出他靠不住啊！我为啥还要让她跳火坑嫁给那个无义之徒啊——"

急得姥姥上去捂住他的嘴，说："你小声点啊，看让人听见，作祸啊！"

"听见就听见！"姥爷愤怒地拨开了姥姥的手，说，"来吧！我早就不想活了——"

"你不活行，还有孩子们呢！"姥姥哭了，"你闺女的孩子……"

晓河忽然捂住了耳朵，钻到了饭桌底下。晓山二话不说也默默地钻进去，把弟弟搂在了怀里。

他们恨父亲。

起初，父亲还来送生活费，姥姥不要，因为姥爷不许。姥爷甚至还想给他们改姓氏，但是派出所说，需要孩子父亲同意的证明书，才能办理。等到父亲再婚后，他不再出现，从此，他们和父亲，老死不相往来。

就连晓山结婚这样的大事，父亲也没有出席。那时，姥爷早已去世。是弟弟晓河，挽着姐姐的手，把她交给了宋楚鸣。他说："姐夫，我把我姐交给你了，你要敢对她不好，我就——"他没说出下半句，眼眶就红了。

宋楚鸣知道，晓山，是害怕对晓河说出"我要死了"这残忍的真相。

她知道他无法接受。

母亲去世后，晓河有很长一段时间失语。那年他十岁，该上四年级。好在学校停课，不用去上学。他整天跟在姥姥或者姐姐身后，不离不弃，像条哑巴小狗。晓山想了很多办法，想让他开口说话，可是都无效。

晓山说："晓河，你怎么了？你听得见我说话吗？"

晓河不回答。

"晓河，我是谁？"

晓河无语。

"晓河，你在吗？"

没有回答。

"晓河，叫姐姐，你不叫，我走了——"

她转身要走，晓河一把拉住了她，张大嘴喘气，发不出声音。

晓山哭了。

那一刻，她仇恨母亲。她恨母亲抛弃了晓河。

可现在，她也要丢下晓河了。尽管，晓河早已人到中年，有了妻子、家庭、孩子，可她知道，她的离去，对晓河意味着什么。

好在，晓河在万里之遥。距离是最好的借口。她不能让他看见一个被病痛折磨得完全变形的姐姐。

姐姐永远是美的。这是晓河的人生信念。

晓山整理旧照片，翻出一张童年照，是一张公园里的合影。照片上，年轻的妈妈坐在一块山石上，搂着晓河，旁边站着晓山。晓山的头和妈妈的头，亲密地靠在一起。他们都在朝着镜头笑。镜头后的那个人，应该是父亲。

这被记录下的瞬间，诠释着，幸福是多么虚妄。

可仍然值得怀念啊。晓山想。

她把照片拿给宋楚鸣看："我走的时候，把这张照片，给我带上。"她说："我怕到了那边，我妈认不出我来，毕竟那时候我才十二岁，这张照片，可以作证。"

宋楚鸣回答："好。"

过了片刻，宋楚鸣又说："那是不是也应该带一张我的照片呢？有一天，我去找你的时候，你是不是也会认不出那时候的我？"

"不会，"晓山温柔地回答，"我不会认不出你的。我们做了这么多年的夫妻，我闭着眼睛，听喘气，就知道是你。我怎么会认不出你啊！"

那是一个谁也没去过的地方。

宋楚鸣想。

奈何桥。孟婆茶。但丁的地狱。上帝的天堂。西方极乐世界。杨太真虚无缥缈的仙山。神瑛侍者和绛珠仙草的灵河畔。太虚幻境。挤满亡灵的黄泉之路。阎罗殿。还有——无……都是"那个地方"。

那到底是一个什么地方？

因为永不可能预知，所以，才是最终极的恐惧。

十月。在北方，早已是秋高气爽的季节。柿子红了，黄河畔河沿枣红了，枫树、槭树和黄栌都红了叶子。而银杏和杨树，则是辉煌的金色。大地斑斓，天空高远，阳光明净澄澈。可这个南方城市，仍然是热烈浓郁的夏天。凌晨五点，晓山感到不好，呼吸急促，喘不上气。她对惊醒的宋楚鸣说："叫120吧。"

宋楚鸣刹那手脚冰凉。

这就是那个"最后时刻"了。

晓山温柔地笑笑，说："哥，别怕。"

护工阿姨手脚麻利地给她用制氧机吸氧。

120来了。停在楼下。

一路上，救护车鸣笛飞奔。宋楚鸣紧紧握着晓山的手。医生给她用上了氧气面罩。可是血氧仍然在下降。血压也在下降。她渐渐陷入昏迷。

医生征求了家属的意见,没有做无谓又痛苦的创伤性抢救。她昏迷了十几个小时后走了,再没有醒来。她说的最后一句话就是:

"哥,别怕。"

十 老蜜蜡

在他们生活的那个城市，晓山有一位好友，叫徐明，是她大学本科的同学，她们在一个寝室里上下铺睡了四年。徐明没有考研，本科毕业后就应聘南下，来到这个热烈而崭新的城市，入了广告行，一路打拼，后来，有了自己的策划公司。她活得风生水起，热闹喧腾，两次结婚，两次离异，其中一次还是个跨国婚姻，男方是个波兰人。她有两个生父不同的孩子，一儿一女，都是她带大的。儿子大学毕业后，做贸易，去了父亲的波兰。女儿学环境设计，如今在西班牙留学，那也是徐明另一个前夫目前所在的地方。

就剩了她独身一人，

徐明说："真会摘桃子呀。"

她不怨天尤人，一句抱怨的话，却让她说得欢天喜地。多年来，她习惯了大事小事，高兴事烦恼事，都向晓山倾诉。两个闺密，一月里，再忙，总要抽暇约会一次。徐明总能找到又好吃又安静的餐馆或者咖啡屋，给她们自己一个闲适的下午或者夜晚。有时她们也去彼此的家里。当然，不管到晓山家还是徐明家，动手做饭泡茶的那个人，都是晓山。徐明的厨艺，实在是很不及格。

"饭做得这么难吃，真是暴殄天物。"晓山说她。

"所以呀，只能你来动手了。"徐明嘻嘻笑着，"浪费食材可不好啊，看看饥饿的非洲儿童。"

"你学学不行吗？天天吃外卖，不健康。"晓山循循善诱。

"有你，我干吗要学？"她理直气壮回答，"我吃饱撑的？"

"我说徐大小姐，那我要是有一天死了呢？"晓山说。

"你死了我再学也不晚，"徐明回答。"哎你什么意思？你这话可真不负责，你怎么能比我先死？胡闹！"她义正词严地说。

晓山让她活活气笑了。

"怪不得大熊和小羊要去找爸爸，"晓山说，"你说你这妈靠谱吗？"

大熊和小羊，是徐明的一双儿女。

"顾晓山，你这是往我伤口上撒盐！"徐明哈哈大笑。

当年的大学同学里，除了徐明，还有两个也是她们的"死党"，一个叫吕舜清，一个叫叶梅。她们俩都在北京，一个在大学里教书，一个在报纸的副刊当编辑。这么多年，她们一直保持着八十年代学生时期的那种友情。四个人，不论是谁，南下或者北上，出差还是开会，来到彼此的城市，总要聚首。她们中间那个灵魂人物就是徐明。徐明以她无尽的热情和精力，做着一个无私的信使，神奇地维系了她们这个小世界。她们谑称自己是"遗珠"。后来，有了微信，徐明就给她们建了一个小群。群名倒是非常接地气，就叫"老蜜蜡"。暗含了"遗珠"的寓意。

只是，这个"老蜜蜡"群里，只有三个成员，没有晓山。晓山去世几年后，"微信"这个奇异的事物，才横空出世。

晓山生病，徐明的世界坍塌一半。多年来，她这样一个貌似刀枪不入的独立女性，其实一直习惯了依赖晓山这个精神上的姐姐。她习惯了向她倾诉；习惯了向她袒露累累的伤口；习惯了向她喊疼，喊痛，喊苦，抱怨生活的种种不公和艰难。她的抱怨一点不幽怨，特别响亮，明快，荡气回肠，黄钟大吕。说完了，诉完了，抱怨完了，第二天就又是一个欢天喜地能拼能打的强人。徐明总喜欢说："晓山啊，你就是我的蓄电池，充电器，加油站，还有智库。"晓山回答说："哎哎哎，别说得那么高大上好不好？我知道我是你的什么。"

"是什么？"

"垃圾桶。"

"就知道你会这么说。"徐明哈哈笑着回答，"你说你，活得顺风顺水，连婚都没有离过一次，像话吗？这么幸运一个人，给你点儿负能量怎么了？有点同情心好不好？"

"我能说不好吗？"晓山笑着把泡好的一杯绿茶递到她手里。茶香氤氲，令人神清气爽。

突如其来的凶讯，把徐明打蒙了。当晓山把医生最后的结论拿给她看的时候，她根本不相信自己的眼睛。她说：

"这写的是什么意思？我怎么看不懂？"

晓山没有回答。

她再看。又看。慢慢冷汗就下来了。再抬起头来，她面色苍白，嘴唇在哆嗦。

"晓山，怎么办？"她问。

天问啊。晓山想。"我也不知道。"她诚实地说。忽然哭了。

她憋了那么久，终于哭了。

徐明冲过来，抱住了她，说："你怎么能这样——"眼泪瞬间奔涌而出。

她们相拥而哭。生死难舍。

又像一场灵魂洗礼。

许久，徐明擦去了眼泪，说："不哭了，咱们治。"

全身扩散转移，是没治的，但晓山没有忍心说破。"好。"她回答。

住院，做靶向治疗。一周一次。死马当活马医。也是企盼会有奇迹。这期间，徐明找来了各种药方、偏方，自己在家里，又是煎药，又是做食疗的汤汤水水。她买了煎药的电砂锅、电炖盅，还买了小炭炉和传统的中药煎锅。因为有些偏方上注明，一定要在炭炉上煎才有疗效。她在这些汤汤水水里寄托了真诚的信赖和期许，相信它们有回天之术。医生也睁一只眼闭一只眼，让她把这些汤水带进病房。医生不是相信奇迹，正相反，他们想的是，反正不行了，就放任她们折腾吧。

奇迹没有出现。

晓山回到了家里。

徐明想，是我们心不诚吗？

当年，读大学期间，她们四人曾在某一年暑假，结伴去了一趟五台山。她们四人，都不是那种家境富裕的孩子，暑假里，不能像有些同学那样，到处游山玩水。她们要用假期做家教或者给人抄书稿，挣些生活费。那一年，她们难得地犒劳了自己一次，也没敢走太远，就在本省地域，去了著名的五台山。她们住最便宜的旅馆，睡大通铺，啃干烧饼和榨菜当午餐，就白开水，却玩得非常快乐和尽兴。那时的五台山，虽然已经开放，终究还不像日后那么热闹喧哗拥挤和声名远播，也没有那么商业化。三天里，她们拜谒了五台山上所有著名的寺庙，意犹未尽。临别前最后一个黄昏，她们站在可以看到白塔的地方，依恋地，和这庄严之境告别。夕阳沉落，一千只梵铃，在晚风中，发出细碎而神秘的轻响，悠扬，动人，庄严，是另一个世界的声音，荡涤着艰辛尘世中的她们。

她们慢慢沉浸。有陌生、新鲜的东西，从心里生长出来。奇妙，不可言说。

这个神赐的时刻，是她们四人共同的记忆。

徐明策划了一次重聚。

几天后，吕舜清和叶梅从北方飞过来。徐明去机场接到了她们。她开车，先把她们接到自己家里，安顿下来，说："三间卧室，空着两间，你俩随便住。"又说："冲个澡，换件漂亮的衣服。别忘了，我们这是一个愉快的聚会。"

两个老友，眼圈瞬间红了。

"大吕，叶梅，"徐明说，"见到晓山，别哭，行吗？"

她们点点头。

晓山在阳光房里。

听到门铃声，她没动。她知道是徐明，或许还有她的汤汤水水。徐明走过来，用手捂住了她的眼睛，说："猜猜看，是谁来了？"

她让自己平静了几秒钟。

"还用猜呀？"她说，"一定是大吕和叶梅。"

"你好无趣！"徐明松开了手，夸张地喊道，"一点儿都不配合我演。"

晓山回头。大吕和叶梅，站在那里朝她笑。

晓山慢慢站起身，说："我们是不是该拥抱一下？"

她张开了手臂，她俩扑过来，三个人抱在了一起。她嶙峋的身体，让这两个老友暗自心惊。徐明说："还有我呢。"她也抱住了她们。

夕阳网住了正在老去的她们。那一刻很美好。

许久，晓山说："我站不稳了。"

她们急忙松开她，扶她坐下。徐明说："别娇气啊。别指望把你当病人啊。"

晓山笑了："大吕，你不知道，徐明可过分了。"

"我怎么会不知道？"大吕回答，"要想让徐明不霸道，除非太阳从四面八方出来。"

徐明哈哈大笑。

一抬眼，看到正从厨房里跑出来的宋楚鸣。徐明说："哎宋楚鸣，跟你说啊，今天把晓山借给我们一晚上，今天晚上她不是病人，你不许干涉啊。"

一看这阵势，宋楚鸣就明白了。

"大吕，小叶，你们都来了？太好了！"宋楚鸣笑着打招呼，"没问题，今天你们'四人帮'聚会，我是waiter（侍者），我这就去给你们加几个菜！"

当年，她们谑称自己是"四人帮"。

他转身又跑去了厨房。

他感到一股热辣辣的东西，在胸腔涌动，冲上鼻腔，涌进他的眼睛。她们是来告别的。他想。这是一场"为了告别的聚会"。

那是开心的一晚。

聚餐的地点，她们选在了阳光房里。毗邻露台花园。晚风送来阵阵的花香和草香。宋楚鸣打开了露台上所有的灯，那些铁艺的、复古的灯盏，这里那里，高处低处，从花丛里、花架上、天棚下、水景景观旁，洒下柔和的光辉。他要给她们，给她，也给自己，一个醉生梦死的良宵。

她们喝酒。起泡酒，还有红酒。晓山喝鲜榨果汁，和大家一起举杯，开心地笑。菜很丰盛。大盘小碗，摆满了餐桌。全套的法国名瓷GIEN，终于派上了用场。晓山吃不下东西，但她在努力。新鲜鱼肉斩碎了，斩成鱼茸，氽丸子，小小的一粒，珍珠一般，洁白无瑕，浮在汤里，上面漂着碧绿的黄瓜片和香葱。一小盅滑嫩的蒸蛋羹，颤颤巍巍，蒸得恰到火候，淋了几滴"薛泰丰"酱油和麻油。还有一小碟佐粥的"新东阳"肉松。这几样，是专为晓山准备的菜品。她颇为努力地，吃下了几只迷你小鱼丸，还吃了一部分蛋羹，喝了半碗白米粥，微微出汗，嘴唇竟有了一点点血色。宋楚鸣恍惚间生出了幻觉，以为时光倒流，回到了那个健康的、无恙的时光。

"好酒啊。"徐明赞叹，又抽抽鼻子，"好香的花。宋楚鸣，你的月季又开了？"

"对。"宋楚鸣回答，"它们倒是不娇气，一茬接一茬的，月月盛开。"

"好漂亮的花园！"大吕赞叹，"都是你打理的？"

"老宋是个好园丁。"徐明说，"不对，应该说是英伦绅士范儿。"

"他的梦想，是将来我们退休了，找一处好地方，造一个隐居的花园。"

阳光房忽然沉寂下来。不知从哪里，传来了隐约的音乐声，一只大提琴，如泣如诉地，在拉着一首忧伤的乐曲。

"这餐具好美。"叶梅打破了沉默，她迅速转移了一个话题，"它好像是法国的一个牌子。"

"对。"宋楚鸣回答。

"这是宋楚鸣送我的礼物。"晓山说，"他从法国好不容易背回来的。我一直没有舍得用。是这次生病，宋楚鸣才拿出来装菜装汤。今天，是它们第一次全套闪亮登场，"晓山笑笑，说："也像是谢幕绝唱。"

"哎哎哎，别扫兴啊。"徐明打断了她，"说好了是愉快的聚会。"

"没有不愉快呀，"晓山笑着回答，"我在愉快地回忆往事。"

"说起往事，还记得咱们去五台山吗？"徐明忽然问大家。

"那怎么会忘？"大吕回答，"那是我平生第一次旅游。也是咱们四个人第一次结伴去玩。"

"睡大通铺，舍不得去饭馆吃饭，啃干饼子，可是，是我此生最快乐的一次旅行。"叶梅说。

"我记得我们下过一次饭馆，"徐明说，"四个人，一共买了一瓶啤酒，碰杯的时候，还说，不醉不归！"

"那时候真是快乐啊。那么穷，可是真心快乐。"

"我们在南山寺，碰到了一个很年轻的女尼，聊起来，她居然是一个刚刚落发出家的师范学校的毕业生。"

"对对对，我们还以为，她一定有故事。结果，她说，没有，就是信。"

"我们很震动。"

"记得她特别阳光和明朗。"

"她的师父，是一个特别有名的女比丘尼。"

"对，是通愿法师。通愿法师是当年北京的一个女大学生。"

"关于通愿法师，记得当年有好多传说。有人说她是'沈崇事件'里的沈崇，后来知道根本不是。"

"因为信，所以剃度。可是在我们这些俗人眼里，这个理由没有说服力，所以总要给人家找一个不幸的意外。"

"我记得最后那个晚上，我们和五台山告别，"徐明说,"那晚上的一切:风、天空、寺院,还有白塔上的风铃,都让我们体会到了,圣地带给人的感动。"

"对,想哭。"叶梅说。

"像一个洗礼。"大吕说。

"第一次感觉到,灵魂可以飞。"晓山轻轻说,"可以和肉身分离。"

房间里又一次安静下来。

"据说,灵魂的重量只有二十一克。"她说。

"也有一种说法,说它重三十五克。"徐明这样说。

"真轻。"叶梅说。

"可是,有没有灵魂呢?"晓山问。

这是天问。

徐明笑了,说:"今夜,我不关心灵魂。晓山,我只爱你。"

这话一出口,徐明心里忽然一阵剧痛,眼泪瞬间夺眶而出。她匆忙转身朝卫生间跑去,慌不择路,撞倒了一把椅子。"咚"一声响,重重砸在每个人心上。阿姨进来扶起了椅子。晓山望着外面卫生间紧闭的房门,说道:

"大吕,叶梅,徐明肯定有一段时间会很不适应,会难过,你们要帮帮她……"

她转过了脸。

阿姨在一旁轻轻说道:"顾老师,我做了甜品,红豆莲子百合羹,大家要不要吃点?"

宋楚鸣急忙说："好，你去端，大家都吃点。"他对大吕和叶梅笑笑："我们在花园里吃好不好？现在，暑气下去了，外面很舒服。"

等徐明再次出现时，大家已经来到了花园里。夜色掩住了她哭红的眼睛。他们围桌而坐。晓山被安排在旁边一张舒服的藤编躺椅上。徐明过来，坐到晓山身边，晓山握住了她的手。她们默默地坐了一会儿，晓山说："去吃点儿吧，好吃。"

"嗯。"她回答，却没动。

"徐明，还记得《一日长于百年》吗？"晓山问道。

"记得呀。那时候，我们那么沉迷于艾特玛托夫。"徐明回答。

"记得他们长长的送葬队伍，要去的那个墓地的传说吗？"

"好像记得。"徐明想了想，说，"传说，柔然族入侵了他们祖居的那片草原，把他们那个族——叫什么族？"

"乃曼族。"晓山回答。

"对，把乃曼族被俘的青年，剃光了头发，再把刚刚宰杀的骆驼脖子上的皮，切成小块儿，趁热粘到俘虏们被剃光的头上，然后，再把他们捆绑起来，扔到无人的荒原，几天几夜。遭受这种酷刑的青年，要么死，要么，就变成了'曼库特'，也就是失去记忆的人。一个母亲，为了救她的儿子，被射死了。她头上围着的白头巾，就变成了一只鸟儿。这只鸟不停地呼喊着：'想一想，你是谁家的子弟？你叫什么名字？你的父亲叫杜年拜！'而埋葬这位母亲的地方，就被叫作'阿纳贝特'，也就是——母亲安息之墓的意思。对吧？"

"对。"晓山笑了，说道，"徐明，也许，日后，我也会变成一只鸟什么的，偶尔，会飞到你的梦里，对你叫，说：'还记得我是谁吗？我是谁？'我不会让你忘记我。"

"我才不要记住你，"徐明回答，"你把我一个人丢在这座孤城了，背信弃义。"

然后，她柔情似水地抱住了她。旁边的人，眼睛都红了。

十一 老夫妇

某一年,春季,正是山里野花盛开的季节,青山栈来了一对老夫妇。

因为青山栈渐渐有了声名,"村村通"的公交大巴,居然,在客栈的山口边设立了一个站点。有了这个车站,那些没有私家车,或者不会开车的游客,方便了太多。所以,渐渐地,来青山栈投宿的老年人,就多了起来。

青山栈添置了一辆电瓶车。有客人乘坐公交大巴过来,只要提前有预定,刘师傅,或者陈嘉树,就会开电瓶车在山口公交站点接客,拉着他们和行李进山来。

那天,老夫妇在黄昏到达时,就是陈嘉树去接的。

是一对模样斯文的老人。看样子年纪不小了。老先生一手拉着一只风尘仆仆的旅行箱,一手拉着老妇人。老妇人另一只手里,挂着一支登山杖。

"是顾先生和王女士吧?"陈嘉树下车,迎了上去。

他接过旅行箱,请他们上车。老先生客气地道谢,一边扶着老妻上车,嘴里说:"慢点,慢点,脚再抬高点儿。"一边对陈嘉树解释说:"我老伴儿视力差一些。"

果然,陈嘉树注意地看了一下,老妇人的眼镜片,厚如瓶底。

陈嘉树的电瓶车,开得很慢,很小心。

"这山路,好安静啊。"老妇人说道,"你听,鸟叫的声音,这是王刚鸟啊。"

老先生侧耳听,说:"可不是,真是王刚鸟在叫。"

"王刚哥——王刚哥——叫得好伤心。"老妇人说。

日落黄昏,四周山林里,数不清的鸟在叫。仔细听,真有一种鸣叫,像一种呼喊:"王刚哥——王刚哥——"喊声凄切、忧伤。

"顾先生,王刚鸟是什么鸟啊?"陈嘉树问了一声。

"哦,说实话我也不知道它的学名,"老先生回答说,"王刚鸟是俗称,在豫西山区,人们都这样叫它。在这边,它叫什么,我还真不知道。"

"哦。"陈嘉树笑笑,"那您二位,是豫西人?"

"我是,"老妇人回答,"他不是。不过我离开那里也太多年了。"

"喜欢听鸟叫,就来对地方了,"陈嘉树说道,"这里的早晨和黄昏,铺天盖地,都是鸟鸣声。"

说话间,到地方了。

二燕已经等在了门口,看到车停稳,走上来一边问好一边拎行李。办好入住手续,二燕和陈嘉树一起,送两位老人去客房。

老先生始终牵着老妇人的手,一边走,一边对她说:"这院子很漂亮吧?是你喜欢的风格吧?"

老妇人说:"我喜欢。"

"你小心脚下。这里有个台阶。"

"我看见了。"

"路很平,青砖墁地,下雨也不会滑。可以放心走。"

"对。"老妇人回答,"闻到丁香花的香味了。是种了丁香树吧?"

"是丁香,"老先生回答,"是白丁香,开白花。就种在墙边上。"

陈嘉树明白了,老妇人的视力大概是很差的。

他们定的,是双床的标准间。老年人睡觉,不愿相互干扰。送他们进房间后,陈嘉树没有马上离开,他帮忙把烧水的电热壶加满水,烧上,然后告诉老先生,卫生间电灯开关的位置、电热水器的使用方法,又把淋浴间的防滑地垫铺好。离开时对他们说道:"餐厅就在院子的右手边,如果累了,也可以就在房间里吃,我们会送过来。"

他们选择了去餐厅。

四月,不算这里的旺季。这里的旺季是在夏天和秋天。所以,青山栈的客房没有住满,还有两套空置着。那天晚饭,餐厅里除了老夫妇之外,另有一张大桌坐了其余的九位客人。他们都是年轻人,是省城一所艺术学院来此地写生的学生和一位带队老师。他们吃火锅,吃烤串,喝啤酒,喝可乐,非常热闹和欢乐。火锅是电火锅。烧烤炉则支在户外,用的是好闻的果木炭。这几年,青山栈客人多了起来,厨房里何大姐忙不过来,就又添了一个年轻小伙子大康帮忙打下手,也是从外地打工回来的,在餐馆里干过后厨。此刻,刘师傅和大康两个人,站在院子里烧烤炉边,忙得不亦乐乎。

老夫妇两人,静静地,坐在角落一张小桌上。他们吃得很简单,也很清淡:一人一小碗打卤面,一盘凉拌黄瓜豆腐丝和一盘香葱炒土鸡蛋。他们吃得又慢又细致。邻桌的热闹和喧哗,吸引着他们的目光。他们不时地看着那一大桌快乐的年轻人。老妇人显然看不清楚,可是眼睛里满是慈爱。老先生小声告诉她:

"是年轻的大学生。"他说,"桌子上是火锅,还有烤串儿。"

"年轻人就爱吃这些东西,"老妇人悄悄回答,"辛辣,刺激,有活力。"

忽然有个年轻孩子转过了脸,望着两位老人说道:"不好意思啊,我们大呼小叫的,打搅您二位了吧?"

老先生和气地摆摆手,笑笑说道:"没事没事。看你们这么高兴,我们也开心。"

"不介意的话,您二位也过来坐吧,吃烤串儿,人越多越热闹。"年轻人有了酒意,热情地邀请。

"对啊对啊,你们过来吧,大家热闹。喝杯啤酒。"一群人七嘴八舌相邀。

"不了,谢谢你们。"老先生笑着拱手回答,"上了年纪,吃不了这么浓郁刺激的东西了。你们玩,我们不打搅了。"

"那老先生,"一个人忽然出现在了他们的小桌前,"我请您二位喝杯茶,能赏光吗?"来人这么问。

"请问你是——"

"我是青山栈的主人,我叫宋楚鸣。"宋楚鸣说。

老人盯着他,看了许久。然后温和地笑了,说:"好,那就讨你一杯茶喝。"他对老伴儿说道:"岫云,这位宋先生请我们去喝杯茶。"

老妇人点点头。

老先生牵起老妻的手,把手杖递到她另一只手里,他们跟在宋楚鸣身后,慢慢走出餐厅。穿过前院,穿过西北角一个小角门,就是一条石板小径。宋楚鸣说道:"您二位小心,刚才浇树浇花,路上淋了点水,小心滑倒。"

老先生回答:"没关系。"一边对老妇人说:"这个院子里,有竹林,长得很茂盛,夏天,一定很凉爽。石板路,曲径通幽。哦,这院子里还有枫树,秋天叶子红了,会很好看。到了,上台阶,对。"他抬眼问宋楚鸣:"这也是民宿的客房?"

"不，不是，"宋楚鸣回答，"这是我住的地方。"

老先生沉默了。

他们进门，宋楚鸣打开电灯，抱歉地说道："这座房子，客厅餐厅都是下沉式的，要下两级台阶，对老年人不友好。"他自嘲地笑笑："其实，我也算老年人了。"

他的茶室，在楼上。老妇人上上下下不方便。他们就在餐厅里落座。他烧水，泡茶，泡了一壶熟普，给各人的茶杯斟满，说道："喝普洱，不会影响睡眠。也没征求您二位的意见，我擅自做主了。"

老先生笑笑，说："普洱就好。我们俩，对茶，没有要求。我们不懂茶。"

"顾先生，"宋楚鸣忽然说道，"我，该叫您什么？"

"这就挺好，"老先生又淡淡笑笑，说，"随意吧。"

"我应该叫您一声——岳父。"宋楚鸣有些羞涩地说。

"不敢当。"老先生急忙阻止，"千万不要。"他收敛了笑容。"这么多年，我没有给晓山当过父亲。我当不起……"他郑重地说。

宋楚鸣捧起茶盅，双手递到了老先生面前，说："您喝茶。"

他接过茶盅，说道："你怎么知道……是我们？"

"接你们的那位陈嘉树，是我好朋友，他告诉我来了两位老年客人，一位的视力好像还有些问题。他说，看您二位，怎么看，都不像是观光旅游的游客，他有些不放心。"宋楚鸣缓缓地说,"我就和他一起,查看电脑上的入住登记,看到了您的名字。"宋楚鸣停顿了片刻:"以前,听晓山说起过您的名讳。"

"抱歉,"说话的是一直沉默不语的老妇人,"我们来,打扰到你了,我们并不想惊扰你……"她有些诚惶诚恐。

"您别这么说,"宋楚鸣急忙打断了她,"我只是没想到。"

一阵沉默。鸟鸣声变得响亮。仔细听,可以听到一声一声哀鸣,"王刚哥——王刚哥——",叫声此起彼伏,忽远忽近,像是在召唤一个幽魂。屋子里的三个人,陷入无言,就对坐着喝茶。

"请问,"终于,还是宋楚鸣打破了沉默,"您二位,是怎么找到这里,找到我的?"

老先生放下了茶盅:"其实,这么多年,我一直都知道,孩子们在哪里。"他慢慢说:"知道晓山在南方,晓河去了美国。也知道你,知道晓河的妻子。知道你们很幸福。"他笑笑。"其实,有一年,我们俩,"他指了指老伴儿,"去过一次你们的城市,那时候她的眼睛还没出问题。我们去了晓山教书的大学,在校园里,四处走啊,看啊,知道这些地方都是晓山走过的地方、晓山在的地方,心里很快乐。她一直担心,怕碰到晓山,惹晓山生气。其实,真的碰到,我们恐怕也都谁也认不出谁了。对面相逢不相识。"他又宽厚地笑笑。

宋楚鸣感到震动。

"我们还有个儿子,"老先生继续说道,"算是晓山晓河异母的弟弟吧,这孩子,和晓山算是同行,他在我们那个省份的一个大学里教书,教外国文学。有一年不知道开什么会,他遇上了晓山。从小,他就知道自己有个姐姐,叫顾晓山,突然遇见,他很激动,可是他什么都没和晓山说……"老先生停了一停,端起茶盅,喝了一口:"他们不是一个学会的,可是有交集,后来,他们又遇上了两次。晓山是个很有光芒的人物,顾新不是。"他又笑笑,他的笑容里,有一种宽厚和平和:"顾新平庸,可是他很重感情,也很善良。他很珍惜这个不能相认的姐姐。但这几年,他去开会,再也没有碰到过晓山。他很失望。去年,年会期间,遇到了晓山学校里的一个同事,他鼓起勇气向人家打听晓山的近况,结果,才知道,晓山已经走了几年了……"

他住了口。身旁的老妇人,默默握住了他的手。他回头,对老妻笑笑,说:"我没事。"

"您喝茶。"宋楚鸣不安地说。他起身续水,拿起茶壶,往两个老人还满当当的茶杯里,象征性地添了一点。他不知道该说什么。

"那次会议结束后,顾新没有回家,他买了机票飞去了你们的城市。他从那个同事那里打听到了你的工作单位，下飞机就直奔你的公司找你，他说他顾不了那么多了，他就是想见到你，想见你一面。没想到，人家告诉他，你早就辞职了。"说到这里，老人停了一停，"这下，顾新受不了了。他走在车水马龙的街头，边走边流泪。回来后，他就说一定要找到你。你们公司的人不清楚你的去向，只听说你好像回到北方开了一家客栈民宿。他就在网上查，我也不懂，他是怎么查的，反正，还真让他查到了。青山栈——"老人笑笑，"我们俩，就先过来了。本不想惊扰你的，心里想的是，客栈，民宿，人人皆可来吧？就像戏里唱的，'摆开八仙桌，招待十六方'，人来客往，你也不会注意到我们。我们就是远远看看你，就可以了。还有，听顾新说，晓山，好像就安葬在这边，我，我就想，过来找找她，看她一眼……"他戛然而止，顿住了。

"抱歉——"宋楚鸣轻声说。他也不知道，这句道歉的话竟会脱口而出。

这一切，此情此景，是他从没想到过的。他不知道有一天他和晓山的父亲，会这样相见。在晓山的世界里，这个父亲，是不存在的，她从没有准备，让这个身为背叛者的父亲，走进他们的生活。可是此刻，这个父亲，这个耄耋之年的老人，让宋楚鸣忽然感到抱愧和伤心。

"宋先生，你千万别这么说——"

"叫我名字，"宋楚鸣说，"叫我宋楚鸣，晓山就喜欢连名带姓这么叫我。"

"宋先生,"老人并没有改口,"该说'抱歉'的,是我。我不说,是因为,这个词太轻了。和几十年的岁月,几十年的恩怨,几十年的骨肉分离相比,它太没有分量。我若是当着你的面,说一声抱歉,就把前尘旧事一笔勾销,那是我倚老卖老,是为老不尊了。"他望着宋楚鸣,平静地说道:"我们彼此,都不说这样的话,不说抱歉,行吧?"

宋楚鸣点点头。

"那,我能问问,晓山在哪里?真是在这山里吗?"

"是。"宋楚鸣回答,"晓山是在这里。就在后面山坡上。我来这里不久就把她接来了,葬在一棵油松树下。晓山总说,她爱山。"宋楚鸣尽量让自己语气平和:"明天白天,我陪您二老过去看她。"

"我们真的可以去?"老妇人小心翼翼地问。

"当然。"宋楚鸣回答,一阵心酸。

"晓山这名字,是她母亲起的。"老先生缓缓说道,"她母亲就爱山。怀晓山的时候,她做过一个梦,梦见了一座很美的山峰,山巅之上,是皑皑白雪。山腰间却绿树成荫,山脚下,则是一片五颜六色的花海。太阳刚刚升起来,白雪晶莹剔透,花瓣上的露珠也是晶莹剔透。那时候她跟我说,她一定是个女孩儿,就叫晓山吧。我说,好——"

旧时光，忽然潮水般涌来，浩浩汤汤，让人猝不及防。一个青葱的少妇，怀抱着花朵般的小婴儿，向他走来。多年来他已经看不清晰的面孔，突然被阳光照亮，时间之雾被驱散了，她们清新如洗。他也看见了那个年轻的自己，那个未来的父亲。那个父亲问道："你怎么知道她一定是个女孩儿？"

"我就是知道。我通灵。"她笑着回答。

回不去的梦境。

他喝口茶。慢慢抬起眼睛，望向宋楚鸣："晓山，到底得的是什么病？什么癌呢？"

"恶黑。恶性黑色素瘤。"宋楚鸣回答，"很罕见的一种病，而且，发现得太晚了。"

"走的时候，痛苦吗？"

"还好。"宋楚鸣说，"没有做那些无谓的抢救，尊重了晓山的意思。她希望走得有尊严。"

老人点点头。

"很难做到啊。"他说。

"对了，我也很想知道一件事，"宋楚鸣说，"医生根据晓山肿瘤的类别，分析说，晓山的家族里，应该有非亚裔的血亲。您了解吗？晓山自己一点也不知道。"

"怎么说？"

"就是说，晓山的病，亚洲人很少有人得。所以医生推测说，她有可能有一个非亚裔的先人。"

老人摇摇头。

"这个,我也不清楚,没听谁说过啊。"

"哦——"宋楚鸣有点怅然。

"当年我们生活的那个年代,你也知道,真要有这一类的家世,那就是禁忌,是需要掩藏、隐匿的,没事,谁也不会提及,更不会告诉孩子们。我从来没听晓山母亲说起过什么,至于我的家族,我很肯定,没有。"

"我随便问问。"宋楚鸣说,"那很可能是医生推测错了。"

第二天清早,宋楚鸣带领着二燕和小苏,把早餐端到了老人的房间里。他和他们一起,在客房里吃早餐。

这里,自古盛产小米,地好,水好,特别适宜谷子的生长。相传这里出产的小米,世世代代都是贡品。这里的小米,煮出粥来,金黄、芳香,又糯又黏,是既家常又珍奇的美味。宋楚鸣给他们每人盛了一碗,说:

"不知道你们的口味,我自作主张了,这里的小米粥特别好喝,您二位尝尝?"

"谢谢了。这里的小米,远近闻名呢,"老妇人微笑着说,"在城里,可喝不到这么好喝的小米粥。"

桌子上,除了一盆小米粥,还有两笼小包子,一荤一素,两种馅料。荤的是猪肉春韭,素的是西葫芦鸡蛋。还有一盘葱花炒"不烂子",几只白煮蛋,配几小碟小菜：腐乳、酱瓜、切开的咸蛋和凉拌萝卜丝。清爽，悦目。

"这酱瓜、咸蛋，都是我们自己腌的，不很咸，吃粥合适。"宋楚鸣说。

"这不是鸭蛋？"老妇人吃了一口，"是咸鸡蛋。"

"对，是鸡蛋。"宋楚鸣笑着回答，"我们自己养的鸡下的蛋，还有从老乡家里收来的蛋，趁新鲜时候腌的。"

"好吃。"她笑着称赞。又尝了一口"不烂子"，脸上露出惊喜："哎呀，是嫩扫帚苗做的吧？好新鲜啊，多少年没吃到嫩扫帚苗了。还真想念。"

"这是蒸出来又炒了一下，其实，蘸蒜泥也挺好吃的。"

"对。"她回答，"更清爽。"

"昨天晚上，我睡不着，想了很久，"老先生忽然打断了他们关于食物的话题，"想起一件事情。"

"什么？"宋楚鸣抬头望着他，"您说。"

"我记得那时我们刚结婚不久，我去苏州出差，晓山妈妈也正好去上海开会，她会议结束后来苏州和我会合，我们俩，去看她的一个舅公。晓山妈妈人很白，聊闲话时，舅公就问她妈妈，说，知不知道她们有位高祖是个'天老'？晓山妈妈说不知道。'天老'是什么你知道不？就是'白化病'，周身皮肤和毛发都是白色的，而且眼睛怕光，在阳光下睁不开眼。晓山的舅公说，他们的这位先人，皮肤是白的，眼睛却很正常，棕黄色的眼睛，并不怕光。而且人很聪明，很会读书，可是由于他是'天老'，不能走读书取仕的正道，就另辟蹊径做了商人，开创了一份大家业。舅公说自己年轻时，见到过一本家谱，上面记载着，说这位高祖是在宋朝时从中原举家南迁过来的。后来这家谱在五十年代就遗失了，没有了下落。舅公说后世他们这个家族里总有一些长得很白的人。那时候我们听了，一点也没在意，也没当回事，后来就忘得干干净净。昨天晚上，从你那里回来后，我想了又想，一直想不明白，晓山怎么就会得这个病呢？忽然就想起来这段旧话，心里一激灵。那个得白化病的高祖，真的是一个'天老'吗？还是有什么后人根本不知道的隐情？不然，一个'天老'，眼睛怎么会不怕光呢？宋先生，你说是不是？当年的中原，在北宋的时候，有过多少从波斯或者印度过来的欧洲商人？还有犹太人。当然这也只是瞎猜，真有什么，到晓山这里，已经过去多少代？你说，难道还会有什么影响吗？"老先生困惑地说。

宋楚鸣突然感到脸皮一阵发麻，鸡皮疙瘩瞬间爬上了双臂。他被惊着了。

真有这种可能吗？如果有，这个生命的密码该有多么顽强。不管过去多少代、多少岁月、多少轮回，它总能想办法留下它的印记，留下它存在过的证明，或是容颜上蛛丝马迹的痕迹，或者，是疾病。生生不灭，绵绵不绝。真有这种可能？

许久，宋楚鸣摇摇头，回答说："我不知道。"

他不知道。没人知道。

"我也是瞎猜。"老先生说道，"现在想这些，没有意义了。也许，是医生判断错了，或许是病理报告出错了，都有可能。"

"是，都有可能。"宋楚鸣轻轻回答。

他带他们去看晓山。

后院有一扇小门，通向山坡。他们拾级而上。老先生一路搀扶着老伴儿。山坡是个缓坡，阳光暖暖照着，阳坡上的山桃树，正是开花的季节。桃花烂漫，有一种天长地久又转瞬即逝的艳情。穿过这一片桃林，他们来到林中一棵油松下。宋楚鸣说："就是这里了。"

没有坟茔。没有墓碑。平坦的地上，一块小小的不规则的青石，半埋在粗大的树干下。青石上，镌刻着一句话：

"我们只是路过万物，像一阵风吹过。"

那是晓山喜欢的一个诗人——里尔克的诗句。

宋楚鸣说："这是晓山的遗愿，她希望自己葬在一棵树下。"

停顿片刻，他又说："以后，我也会来这里陪她。"

老先生没有回答。

阳光透过树荫,斑驳地洒下来。光影奇幻地在青石板上跳动。从这里再往上,是更深的深山、更密的森林,远远地,一道白亮的瀑布挂在更远的山坡上。天地寂静。老妇人忽然小声对宋楚鸣说道:

"宋先生,劳你驾,你能不能扶我先下去?让他自己和孩子待一会儿吧。"

宋楚鸣默默地点点头。他走过去扶着老妇人。他们慢慢朝山下走。穿过山桃林,看见路边一块平整的石头,宋楚鸣不放心独自留在树下的老人,就说:"您坐下,我们就在这里等等吧。"

说完,一扭头,看见了老妇人满脸的泪水。

他怔住了。

老妇人默默坐下。泪水从墨镜下方流下来,不停地流。宋楚鸣慌忙摸摸口袋,想找纸巾,没有。他只好就那样站着,看一个悲伤的老人哭泣。

他知道没有语言可以安慰这半世的悲伤。

许久,她开口说了一句话,她说:"宋先生,他苦啊。"

蓝天白云,万里晴空,春日的阳光,满山妖娆的桃花和远处飞溅的瀑布,美如天籁的鸟鸣,这么美的世界,抚慰不了那些被大时代压垮的小人物。

他等到他们走远,独自上前,费力地蹲下身,用手抚摸石板。他的手轻轻抚摸着每一个字迹,抚摸着刀刻斧凿的每一笔每一画。他的脸似乎风平浪静，可他颤抖的手出卖了他。那一双苍老如树根的手，越抖越厉害。他终于哑着嗓子叫出一声：

"晓山——"就崩溃了。

刹那间泪如雨下。

"孩子啊——"他说。

曾经，在心里想过无数次，假如有一天，和怨恨鄙视他的孩子们见面，要说些什么。想了那么多年的话，积攒了那么多年的话，早已滔滔如大河，可是此刻，却一句也不想说了。那些话，如同逝川，流走了。他只感到一种寂灭的痛。

我们只是路过万物，如同一阵风吹过。

可是却留下了那么多的苦难，如茂密的植被，如空气，覆盖大地。

十二 流星之吻

盛夏，七月中，青山栈接待了两对情侣。他们四个人，开一辆越野车，结伴出游。车是租来的，他们从北京出发，一路向北，出内蒙，先游历了大草原，又折回晋北，看云冈石窟、应县木塔、悬空寺，再去拜谒五台山，又绕道去豆村，看了林徽因梁思成在民族危亡时刻的那个重大发现——伟大的唐代建筑佛光寺。然后向南，游了平遥古城和双林寺，玩了太行山大峡谷。而青山栈，则是他们回程路上一个打尖歇脚的地方。

两个标间，是提前在网上预订的。预订的人叫刘夕颜，二十二岁。

是即将毕业的大学本科生。其他三个人，也是。

年轻人，有无限的精力和兴致，以及无坚不摧的好奇心。放下行李，看天色还早，就相约着说："逛逛去。"出门时问前台，有没有值得一逛的地方，前台想想，说道："去后山吧，这个时间，去后山刚好可以看落日。"

那是一位中年男士。

"再过一会儿,太阳落山后,还可以听林涛。"他又说。

这样的回答,很寻常,又不寻常。让刘夕颜感到意外。

从北京出发,这一路,见了太多奇观,大自然的,人文的,样样令他们惊艳。这最后一站,名不见经传,纯粹是旅程的需要。他们需要在这里停留一夜。所以,他们内心并没有什么期待。

通往后山的路,除了石台阶,没有一处人工景点。这又是一个意外。一小群人,拾级而上。路并不陡,长长的缓缓的一段上坡,然后,穿过一片密林,眼前豁然一亮,就到了山崖边。此刻,除了他们,崖上没有别人,没有吵吵嚷嚷的游客。突然而至的肃穆,有点猝不及防。连绵起伏的山峦,千沟万壑,树林,大地,似乎,都在肃穆地等待着一个辉煌的坠落。

他们刚好看见了那个瞬间。

夕阳沉落的那一刻,半天的红云,翻腾着,卷着烈焰。渐渐地,烈焰熄灭,凝成半天血海。天空下的他们,也变成了血人。树是血树,山是血山,大地是血色大地。四个年轻人,像是被这奇幻的神迹击中。他们从没见过如此壮丽的晚霞。此刻,天空下,千山万壑间,只有微如芥豆的他们。他们就像是被某种力量指引着,来赴一个壮阔又私密的约会,一个他们不记得的、与天空的前世之约。

晚霞是见证。

但是，很快地，血色的天空渐渐黯淡下去，渐渐归于宁静。

"好美啊。"刘夕颜长吁一口气，喃喃自语地说，眼睛湿了，"林大鹏，你见过这么美的晚霞吗？"

林大鹏，她高大帅气的男友，此刻，就站在她身边，伸出胳膊搂住了她，说："没有。"

"没想到，上天如此厚待我们，给了我们一个如此壮美的结尾。"她说，"值了。"

林大鹏没有说话，突然低头在她脖子上默默亲吻了一下。

"刘夕颜，别那么琼瑶行不行啊？"她的闺密郑亭亭在一旁说道，"晚霞也看了，你们肚子不饿啊？我可是饿了呀！"

"晚餐我们烧烤吧。"郑亭亭的男友小田这么说。

"可以烧烤吗？他们提供烧烤的东西吗？"郑亭亭转头向刘夕颜问道。

"可以，"刘夕颜回答，"他们网页上写着呢，可以自己动手，也可以在餐厅点烤串儿，都行。"

"咱们自己来吧。"林大鹏说，"自己来自由。"

"好！"大家都赞成。

他们沿着来路回客栈，走进树林中。高大的树木，被阳光晒了一天，此刻，散发着好闻的草木香气。他们叫不上树的名字，却喜欢漫步在树林间的感觉。喜欢被这林间的草木气包裹。到处是动人的鸟鸣,当然也不知道是什么鸟。他们一路走,一路辨别、猜测着。一会儿这个说,听,杜鹃!一会儿那个说,黄莺黄莺!一会儿又惊喜地叫,这一定是夜莺!要不就是画眉!喊来叫去,也就那几个常常在书里看到的名字。到后来自己也笑了。

"我们好贫乏呀!"那个叫林大鹏的男孩儿笑着说道。

他们不知不觉,追着鸟鸣声,离开了小路,走进了更深一些的树林中。天光渐渐暗了下来,郑亭亭忽然说道:"哎,你们看,那儿有块大石头。"

一棵粗大的松树下,他们看到了那块青石。这让他们好奇。

"上面有字。"林大鹏说。

他们走过去,端详那块石头。

"我们只是路过万物,像一阵风吹过。"郑亭亭轻声读出了镌刻在上面的字迹。

"什么意思?"她问刘夕颜。

"这好像是里尔克的一句诗。"刘夕颜回答。

"怎么会在这里?"

"自然是有人刻在这儿的。"她男友小田回答。

"谁刻的?"

四个人,你看我,我看你。没有答案。真的有风吹过,穿林而来。这风,此刻,让他们有一点异样和神秘感，就如同这石头。林大鹏忽然说：

"走吧，天要黑了，回头该找不着路了。"

他们并没有偏离来路太远，很快，那条石阶小道就出现了。下山的路，他们走得很快。当他们来到山根时，不由得呼出一口长气。身后，起了林涛。

接下来就是一个欢腾热闹的夜晚。快乐的夜晚。

他们在院子里露天烧烤。刘师傅为他们生好了炭火炉，备好了一应工具和作料。四个人点了各种烤串，羊肉、牛肉、鸡翅、羊腰子、火腿肠等等，还有新鲜的山蘑和园子里现摘的蔬菜。点了扎啤和白酒，还有沙棘汁。两位男士轮番上阵，忙乱了一番，不是烤焦了就是火候不到。最后还是请刘师傅代劳了。

刘师傅一上手，他们的烧烤盛宴渐入高潮。

起初，两位女生只喝果汁，后来开始喝扎啤，再后来，就和那两个男生拼白的了。

"来来来，人生难得几回醉？不欢更何待？"郑亭亭举起白酒，豪迈地说。

刘夕颜也举起了白酒杯："人生不满百，常怀千岁忧——干杯！"

林大鹏去夺她的酒杯，说："刘夕颜，你醉了，你已经喝高了！"

刘夕颜说："林大鹏，今夜不醉，更待何时？我们以后还有一起醉的机会吗？不醉，明天又怎么告别？"

郑亭亭说："林大鹏，你省省吧！指不定谁喝倒谁呢。"又对着刘夕颜说，"我警告你刘夕颜，记住我们的约定，我们行程几千里，为的是一个精彩的结束，你别玩伤感那一套，破大家的功！明天怎么告别？大笑着告别！来，干——"

"好，郑亭亭，你别嘴硬啊，我保证明天第一个在高铁站抱着小田哭的就是你，你第一个破功！"林大鹏笑着说。

"你才第一个破功！"郑亭亭反击，"信不信我拿酒泼你？"

"好了好了，"寡言少语的小田说话了，"比谁的心硬，有意思吗？再硬也硬不过生活。"

一句话，如一股冷风。大家静默了。

片刻，郑亭亭笑了，说："所以呀，喝酒喝酒，酒能使生活柔软——"

"甚至荡漾。"刘夕颜补充。

酒杯清脆地碰响。四只酒杯，碰在一起，聚成四叶草的形状。郑亭亭望着酒杯说："看，四叶草，是个好兆头，会给我们带来幸运！"

"祝我们幸运！"

"祝我们心想事成！"

"祝我们都能找到好工作！"

"祝我们能遇到好上司！"

"祝我们不用天天加班！"

"祝我们付得起房子首付！"

"祝我们临死之前可以还清房贷——"

为每一个祝福干杯。像是玩笑。玩笑着解决了一切生存的麻烦和困境。酒真是无所不能。他们其实是没有多少酒量的，好在那种白酒，是只有四十二度的低度酒。五六大扎生啤、一瓶白酒，也足够让他们每个人都欲死欲仙。刘师傅跑到厨房，为他们叫来了解酒的酸汤水饺。酸汤水饺端上来时，人不见了。他们已经笑着唱着来到了大门前，说是要去林子里看萤火虫。

大门关着。

刘师傅跑过来，说："九点半关门落锁，不能出去了。"

"哪有旅店这么早关门的？"

"俺们是山里民宿，晚了，怕你们出门钻进山林子里迷路。"刘师傅说。

"有手机导航呢，怕、怕啥？"林大鹏说。

"林子深了怕没信号。"

"怎么可能？我大中国，哪里还有手机信号覆盖、覆盖不了的角落？开玩笑——"林大鹏面红耳赤地大声争辩。

"怎么回事？"争辩声引来了陈嘉树，"刘师傅，怎么了？"

"我们要去看萤火虫。"郑亭亭回答道,"可是门叫不开——"

"喝高了。"刘师傅小声对陈嘉树说了一句。

不说,也看出来他们高了,醉了。和酒醉的人讲得清道理规则吗?自然讲不清。陈嘉树不想白费气力,想了想,说道:

"萤火虫有啥好看的?不如你们在露台上看星星吧。今天夜里听说有流星雨呢。"

"啊?"两个女生蒙眬的醉眼瞬间被点亮了,"流星雨?真的假的?"

当然是假的。陈嘉树心里暗笑,却不露声色:"有相关的报道,大概率应该有。"

"好呀好呀,我们去看流星雨!"两个女生兴奋地叫。

"说看萤火虫的是你们,看流星雨的也、也是你们,一会儿还要看——看外星人啊?"小田口齿不清地嘟囔。

郑亭亭嘻嘻嘻嘻地笑,脸颊被酒染得绯红。

就去看流星雨了。

露台上有现成的四张躺椅,陈嘉树和刘师傅帮他们抱出来几张厚厚的毛毯,又把醒酒的酸汤饺子热过后也端了过来,看着他们一人一碗热热地吃喝下去,才放了心。陈嘉树嘱咐他们一定要盖好毯子,小心着凉。离开时,他说了一句:"祝你们好运!"

郑亭亭回了一句:"谢了大叔!我们就是、就是好运本尊——"

陈嘉树笑了笑,走了。

他们躺下,和天空面对面。静默忽然而至。多么浩瀚的星空!这浩瀚和明亮让他们眩晕。原来梵高画笔下变形的星空竟是如此写实,如此真诚。刘夕颜模糊地想。没有谁再说话。星空仿佛唤起了他们身上某种原始的记忆和本能,让他们谦卑和敬畏。眩晕使刘夕颜忍不住闭上了眼睛。闭上眼睛,却更清晰地看见了大颗大颗金色的、闪烁的星星,那是星星中的花朵,在银河之中,这里,那里,无声绽放,神秘至极,魅惑至极。而身体,那个笨重的麻烦的肉身,轻盈下来,甚至消遁不见。她飞翔。飞翔。灵魂出窍。融入银蓝色浩瀚无边的星空。

这些不胜酒力的孩子,在等一个注定不会到来的壮观天象。睡着了。

几年后,某一天,傍晚时分,一个没有预约的旅人出现在了青山栈。是一个独自旅行的年轻女性。没有开车,坐公交大巴在山口下车,拉着硕大的旅行箱,步行走了进来。那天不是周末,也不是假日,自然有空房间。接待她的是小苏,小苏带她穿过院子去房间时,说了一句:

"看你有点面熟啊?"

她笑笑，说："我不是第一次来。"

小苏有点骄傲地笑了，说："是吧？我们青山栈，留得住回头客。我们的客人里，回头客比例可高了。"

"那你们还需要人手吗？还需要员工吗？"她忽然这么问道。

"啊？这我可不知道，"小苏回答，很讶异，"这你得去问陈老师。"

"陈老师是谁？"

"我们老板啊。"小苏回答。

"那，能拜托你先帮我问一声吗？问问青山栈能不能收留我呢？"她说。

"你，你是当真的？"小苏不知所措地问。

"当真。"她回答。

晚饭时，在餐厅里，陈嘉树出现了。他打量了一眼餐厅，看到正在窗前独自吃饭的女客，径直走了过去。

"你好，"他说，"我是陈嘉树，听说你有问题需要我解答，是吗？"

女客人抬起头，看见他，忽然笑了："原来你就是那个陈老师啊？"

陈嘉树认真看了看眼前这个年轻女性。"哦——我记起你来了，"他说，"流星雨，对不对？"

"对，不错，"她回答，"原来您还记得这事啊？都过去好几年了。"

陈嘉树笑了："说瞎话骗客人这种事，毕竟不是经常发生的呀。"

女客人站起身，说："这位陈老师，那我不客气了，请问，青山栈能收留我不？"

"你要谋职？"陈嘉树疑惑地问，"我记得，你是大学本科毕业吧？好像还是一个北京的名校？我们这个小民宿，没有适合你的职位呀？"

"哦！不是不是！"女客人回答，"怪我没说清楚。我不是求职，我是想在山里住一阵，想借贵方这块宝地落个脚。不知道青山栈缺不缺人手？我可以帮忙干活儿，嗯，就是做志愿者。"

"做志愿者？"

"对，不要工资，不要报酬，"她回答，"管饭就行。"

"你请坐，"沉吟片刻，陈嘉树说，低头看了看她已经快空的餐盘，"你还需要喝点什么不？餐后饮品，咖啡，茶，或者果汁？我请你。"

"这是，拒绝的意思吗？"女客人问道。

"不不，是道歉，骗人是要付代价的。"陈嘉树笑着说道，"不知道你有没有睡眠问题，要是没有的话，我推荐你尝尝我做的手冲咖啡。"

"好吧，"她回答，"我不失眠。"

陈嘉树转身去了。

太阳落山了，起了晚霞。漫天的晚霞将远近的山峦、树林、田野涂染成血红一片。空寂的院落也被染红了，如此壮观的晚霞，排山倒海的晚霞，又一次，让这个坐在窗下的姑娘动容，她想，青山栈啊，我来了。

陈嘉树端着托盘过来，熟练地，把咖啡、奶罐、糖罐摆到了桌面上。他放下空托盘，拖过一把椅子，坐到了女客人对面。说道：

"可不可以介绍下自己？"

"当然，"女客人回答，"我叫刘夕颜。如您所说，毕业于985名校，学的是汉语言文学专业。现在是自由职业者。"

"可是，为什么要来这儿？来这山里？来我们这小客栈做志愿者？"陈嘉树礼貌却犀利地问，"你，是遇到什么事了吗？一时过不去的事？要遁世？"他疑虑地望着她的眼睛："还是说，要出去读博，申请国外的学校，需要做社工的资历？"

听陈嘉树这么说，刘夕颜笑了，抓起椅子上的手袋，从里面掏出了身份证，递了过来：

"陈老师，这是我的身份证。"她认真地说，"您可以上网查一查，我不是被通缉的逃犯，不是老赖，没有任何不良记录。我也不是要申请国外的学校，更不是遇到什么情感打击要遁世，"她突然叹口气，"相反，我是要入世。"

"入世？"陈嘉树奇怪地问道。

"实话实说,我来青山栈,是来找故事,或者说,来找生活。"她带点自嘲地笑笑,"我啊,是个写东西的,算是个十七线小作家吧。我笔名就叫夕颜。"

"怎么不是十八线?"陈嘉树感到好笑地反问。

"我自认比十八线要强一些,我也不能太妄自菲薄呀。"她开了句玩笑。

"可是,为什么要来我们这个山高地远的十八线小民宿、小客栈呢?这里,没有你要找的那种故事吧?"陈嘉树认真地说,"来这里的客人,都是喜欢安静、宁静、简单生活的人,不喜欢制造声响,你怕是来错地方了。"

"陈老师,您放心,"刘夕颜也变得认真严肃,"我知道您担心什么,但我可以保证,绝不会像个包打听一样,打扰客人,打扰这里的平静,我是个作者,不是私家侦探,我懂规矩,有分寸。"她恳切地说。"至于有没有故事,"她微微一笑,"不瞒您说,我出道的第一篇小说,写的就是发生在青山栈的事,青山栈给了我灵感,也给我带来了一点点小名声。你问我为什么要来青山栈而不是去别处,这就是原因,这里是我写作生涯的开端,是我的福地。"

原来是这样。这真是有点让陈嘉树惊诧,青山栈居然出现在了别人的故事里。

只见这个叫夕颜的作家,叹了口气:"只是,几年写下来，我觉得自己越来越没有灵气，都快枯萎了。我开始怀疑自己，也想过放弃。我父母家人也都希望我去应聘一个正经的工作，朝九晚五，过正常人的日子。可是，我还是不死心呀，也不甘心。所以，您看，我来了。"她冲着陈嘉树笑笑："假如青山栈不需要志愿者，那我，就只好做青山栈的长租客人了。"

陈嘉树望着刘夕颜，说道："说实话，我很好奇，你说青山栈是你写作的开端，它给了你灵感，能说得具体点吗？"

刘夕颜认真地望着陈嘉树，说道："陈老师，您说，您那天是为了阻止我们酒醉外出，编了流星雨的谎话是吧？"

陈嘉树点点头。

"可那天，我真的看到流星了。"刘夕颜轻声说。

"真有流星？"陈嘉树惊诧地问。

"真有。"刘夕颜回答，"也许您说了假话，可是，奇妙的是，那天夜里，我真的看到了流星。生平第一次，梦境一般，看着一颗流星从我头上划过，太神奇了。这辈子，活了二十二年，第一次看见，特别感动。"

陈嘉树瞪大了眼睛。

"那个夜晚，我不知道什么时候酒醒了，他们都还睡着，睡得很沉。万籁俱寂，我一个人，躺着，眼前是夜空和星河。好美啊。从来没有机会，一个人，安静地、没有杂念地、无我地，躺在星空之下，和它面对面，和它用灵魂独处。即使没有流星，也是一个浩大的奇遇了。何况还真有流星。"夕颜真诚地说，眼睛有一点发热，"陈老师，谢谢您给了我一个奇遇。"

"不敢当，"陈嘉树急忙摆手说，"谢山吧。谢山神吧。"

"那您说，山神会收留我吗？会允许青山栈收留我吗？"她如秋水般清亮的眼睛，坦诚地、恳切地望着陈嘉树。

陈嘉树被打动了。

"夕颜，我现在不能给你一个肯定的回答，我还需要和宋老师沟通后，才能决定。"他说。

刘夕颜千里投奔，不可能不做一点功课。

"青山栈另一位栈主，是吧？"她问道。

"对，"陈嘉树笑答，"准确地说，宋老师是栈主，我充其量是个副栈主罢了。"

"他好说话吗？好沟通吗？像您一样通情达理吗？"

"嗯，比我是略差一点。"陈嘉树开了句玩笑。

夕颜也笑了。她知道这事儿成了。

那几天宋楚鸣刚好回了南方，当晚，陈嘉树在微信上跟他说了刘夕颜的事。来龙去脉讲得清清楚楚。当然，他知道宋楚鸣不会有异议。

第二天早晨，在餐厅里，远远看见了夕颜，陈嘉树做了一个"OK"的手势。夕颜笑了，高兴地比了一个"耶"。

只是,青山栈并没有多余的员工房,而旺季就快到来,旺季一到,八间客房常常客满,没有多余的空房间。于是,陈嘉树在河对岸的村庄里,给夕颜找了一个落脚的住处。也是一个女画家租下的院子,重新装修过,院子不大,有一棵柿子树和一棵花椒树。院里有间空房,盘着砖炕,很干净亦很安静。听说是青山栈的志愿者住,女画家执意不收租金,说:"我又不是包租婆。"但夕颜坚持要给钱,说:"姐,这样我才心安,住着踏实。"于是就以月租的形式租了下来,当然,完全是友情价,价格十分优惠。

刘夕颜就从青山栈搬到了这里。

第二天一早,陈嘉树就来找夕颜,说:"我怕你不认路,走,带你去青山栈吃早饭。"

从村口到青山栈,大约两公里的路程。要过一条河。从前,这里没有桥,过河要摆渡。后来有了木桥,渡船就渐渐消失了。再后来,到陈嘉树他们在村里租住下的时候,小木桥早变成了宽宽的水泥桥,可以走汽车的。平时,陈嘉树喜欢跑步到青山栈,当晨练。但这天,和刘夕颜一起,他们就款款步行。

村庄不大,路也并不复杂。过桥的时候,太阳刚刚升起,河面一片粼粼金波。河水有一种清鲜的气味,是早晨独有的气息。刘夕颜说道:

"我都快忘记早晨是什么样的了，早晨我都在睡觉。"她对陈嘉树笑笑，"真想问候它一声。"

"那你问候吧，这有啥难的？"

"嗯，我心里问候过了。"她笑着说道。

"作家都需要熬夜吗？"陈嘉树问。

"大作家我不知道，可能不需要吧？"夕颜回答，"像我这样的小作家、小作者们需要。"她自嘲地、快活地说。

"那你尽量去当大作家吧，"陈嘉树说，"熬夜可不好。"

"我争取。"夕颜回答。

"你每天都要回村里住呀？"刘夕颜忽然想起来问道。

"不一定，"陈嘉树说，"宋老师那边有我一间客房。有时候，太晚了，我就不回来了。"想了想，他又说："要是我不能回村的话，你吃了晚饭就早点回去，别耽搁。一个人走夜路，总是不安全的。"

"好。"夕颜回答。心里一暖。

当晚，刘夕颜在一本类似备忘录的笔记本上写了几个字：

"问候了早晨。一个好兆头。"

宋楚鸣回来后，知道夕颜租下了女画家的房子，说："嘉树，这不合适吧？人家是志愿者，不拿工资，还让人家自己花钱租房子住啊？咱们有义务给志愿者提供食宿，就以咱们青山栈的名义租下那房子好了。你说这样行不?"陈嘉树拍拍脑门,说:"哥,忽略了忽略了。"

宋楚鸣笑了,他知道,不是陈嘉树忽略了,是他不愿意自作主张。他愿意把这个人情让给老哥哥来做。

当晚,陈嘉树和夕颜结伴步行回村。两人边走边聊。陈嘉树说:"对了,宋老师说,你住的房子,青山栈租下了。不能让志愿者掏房租。青山栈有义务为志愿者提供食宿。"

"是吗?那我多不好意思。"夕颜说。她不是客套。她觉得意外。

"应该的。"

哪里有那么多应该?她想。这个宋老师,居然也是个有人情味儿的。好个青山栈,真是个宝藏啊。她来对了。

"宋老师也是画家吧?"夕颜问道。

"不是。"陈嘉树回答。

"那他为什么开民宿?"夕颜好奇地问。

"只有画家才能开民宿?"陈嘉树感到好笑,"你见过很多开民宿的画家?"

"没有,"她摇摇头,"只此一家,你是第一个。"

说完她笑了。

陈嘉树也笑了。

月光洒在山路上,风中有草木树林的清香。林子深处,蛰伏着不眠的动物。四周很静,他们的脚步声显得很响。这是一个陌生的世界,可是,很美好。夕颜想。

"我在网上看了你的小说。"陈嘉树忽然说道,"原来你那篇小说的名字就叫《青山栈》啊。"

"是的,"夕颜有点意外,"你居然找来看了?"

陈嘉树笑了:"必须的呀。"

"也对,"夕颜也笑了,说,"总要核实下我的身份,万一我是假冒的呢?"

"原来你并不是寂寂无名呀。夕颜作家!陈某失敬了。"陈嘉树笑道。

"你嘲笑吧,我习惯了,刀枪不入。"夕颜说,"不过,我必须承认,那篇以青山栈命名的小说,它真是幸运的。它后来还被改编成了电影,还拿到了一个欧洲小电影节的奖。"夕颜扭脸朝陈嘉树笑笑:"只不过,它是个小成本的文艺片,没有商业竞争力,上不了院线,只能在平台上看。另外,编剧也不是我。"

"哦?"陈嘉树回答,"在哪个平台上可以看到?我去搜搜。"

夕颜说了平台的名字。

"只是,电影不叫《青山栈》了,他们改了名字。"

"叫什么?"

"很 low 的一个名字,我一点也不喜欢,可是不由我啊。"

"是什么?你说。"

"流星之吻。"

陈嘉树笑了。"直白。"他说。

"就知道你会嘲笑。"夕颜这么说。

陈嘉树收敛了笑容："刘夕颜，看了你的小说，才知道，你们这两对情侣，结伴旅行，纵情山水，一路快活，那么尽兴，那么高调，那么疯，到结尾才明白，竟是为了——为了分手啊。"

"是的。"夕颜回答，"那是为了告别的旅行。"

"读到最后，身上发冷，心里发怵。"陈嘉树说。

一阵沉默。

他们走上了水泥桥。是个满月的夜晚。月光洒在河面，安静，地老天荒，不动声色。他们不知不觉停下脚步，靠在栏杆上，低头望着铺满月光的河面。夕颜平静地说道："校园恋情，宿命如此。爱情太奢侈。"

陈嘉树没有说话。他们不是一代人。他想。

可是他懂他们的痛。

"我前男友，你见过的，当然你未必记得住他，他很帅，长得像朱一龙，"夕颜望着河面缓缓地说，"他回到了南方，去了一家大传媒集团，现在，已经做爸爸了。"她对着河水笑笑："他结婚前一晚，给我发了一条微信，说，抱歉，他老婆介意我们还有联系。然后就把我拉黑了。"她停了一停，又说："可是，每年到我生日之前，我都会收到一张明信片，上面只有四个字——生日快乐！没有抬头没有落款，没有称呼没有署名，可我知道是他，是他寄的。好笑吧？现在，谁还去邮局寄明信片？要不是他，我还以为，邮局都不能再寄信了……"她声音里有了一点点小小波动。

陈嘉树默然不语。他不知道该说什么。磨难生生不息，这就是生活的王道。桥下的河水"泼剌"一声，想来是鱼在打挺。良久，陈嘉树说道：

"谁是朱一龙？"

十三 父母爱情

顾慧生和程柳结婚时，以为他们会白头偕老。那时他们太年轻，不知道生活是怎样的静水深流。

他们相爱。

顾慧生当年是杂志社的小编辑，而程柳则是作者。程柳那时大学刚毕业，分配到了一家中学做语文教师，她在大学时代就迷恋写作，是一个狂热浪漫的文艺青年。顾慧生慧眼识珠，从一堆自然来稿中发现了文字清新如春草的程柳，惊讶她别具一格的才情。他写了一篇热情洋溢的稿签，向主编力荐了她的小说。于是，水到渠成，他做了她处女作的责编。新作出刊时，他没有给她邮寄样刊，而是在第一时间把刊物直接送到了她的学校。他在校门口等她。九月末的北方，杨树叶一片金黄。他站在灿烂的杨树下，穿一件旧旧的卡其色风衣，头发被风吹得缭乱。程柳看到的，就是这样一个儒雅斯文、玉树临风的英俊男子。

她心跳了。喜悦让她脸颊潮红。

他们的故事就这样开头。几乎没有悬念。顾慧生的博学和智慧，还有他温润宽厚的性格，都让年轻的程柳迷恋。很快地，他们陷入热恋，结婚更是水到渠成。婚后一年，他们有了亲爱的晓山。那一年，程柳二十四岁。

认识他们的人都说，天作之合。

只有程柳知道，父亲其实不满意她的选择。老派的父亲，希望她能嫁一个更厚实更稳健的人，一个远离文学和艺术的人。父亲希望那个人能把他的女儿稳稳当当拽回现实大地，而不是如同流云飘在天际。顾慧生不具备这种力量。

生逢大时代，没有人能够预知自己的命运。身为过来人的父亲心怀忧患，不踏实。

有了晓山、晓河，姥爷姥姥断然把他们接回到了自己身边。姥姥是家庭妇女，不工作，这当然是最好最便当的理由。而顾慧生和程柳也确实繁忙，那个热火朝天的年代，人们不知疲累，一天当两天用，每个人，除了本职工作，还要政治学习，要下乡，要开各种会议。而程柳还多了一项，还要熬夜写她眷恋的小说。那时她也已经调到了一家出版社工作，白天编人家的书，晚上写自己的文章，非常辛苦。那个年代的职业女性，当妈妈大多都当得大而化之甚至潦草。程柳也一样。她并没有觉得这有什么不妥，何况孩子是交给了自己的父母，又不是别的什么人，她很放心。

晓山八岁，上小学二年级了，程柳才有条件把两个孩子接回到他们身边。

因为他们搬进了新居。

顾慧生和程柳刚结婚时，新房就是顾慧生的集体宿舍。同室的三个室友都比他结婚早，先后成家，搬了出去，腾出的房子正好给他们做了婚房。十五六平方米的一间屋子，背阴，日照不充足。没有厨房，就在走廊上支个铁炉做饭。厕所和盥洗室是公用的，洗澡要去公共澡堂。可是他们很满足，很快乐，对于物质生活，他们没有大奢望。

后来，程柳调到了新单位，去出版社做编辑，那时她算是本省风头正劲的年轻作者，出版社破例，在家属宿舍院里分给了她一小套房子：两间坐北朝南的平房，带一间很小的小厨房。她喜欢这平房的格调，青砖灰瓦绿门窗，朴素周正，终日阳光灿烂。院子空地上，还有一个葡萄架，是前边搬走的人家留下来的。夏日，绿荫铺地，还没成熟的小葡萄吊在架子上，像一串串晶莹剔透的绿色宝石。比起拥挤阴暗的筒子楼，这里要好太多。程柳高兴地脱口说道："这里简直就是我们的'美庐'啊。"

她口无遮拦，顾慧生吓一跳："喂，瞎说什么，隔墙有耳。"

程柳吐了下舌头，说："一高兴，得意忘形了。"

"小心乐极生悲。"顾慧生正色说道,"孩子们马上就要回来了,可千万不能在他们面前信口开河。"

"哎呀知道知道!我有那么天真糊涂吗?"程柳笑着回答,"我在心里叫就是了。"

于是,大张旗鼓地,接回了孩子们,一家人在他们小小的"美庐"团聚了。

程柳毫无生活的经验,一向不关心柴米油盐。单位里有食堂,她和顾慧生,中饭各自在自己单位食堂解决。晚饭呢,要么是把食堂的饭菜用饭盒打回来,要么就是由顾慧生动手,做一点简单的食物,比如煮挂面、西红柿炒鸡蛋,或者是西红柿炒青椒,冬天则是西红柿酱炒鸡蛋或者青椒。万年不变的菜谱,他们居然百吃不厌。每年夏末,西红柿最便宜的时候,这个城市的人们,家家户户,都要动手制作西红柿酱。找来各种玻璃瓶,最佳的是输液用的盐水瓶,洗净了,用开水煮烫。然后,把熟透的西红柿洗净去皮捣碎,装进瓶子里,原汁原味,密封起来,在大蒸锅里连瓶蒸煮加工,冷却了,一瓶一瓶,放在窗台上,橱柜上,艳丽如画,是冬季里难得的美味。

每年,晓山姥姥要做很多瓶西红柿酱,自家吃,还要送给女儿。摆在窗台上的西红柿酱,是女儿家最有生活气息的装点:使它看上去像个家,而不是宿舍。

起初,孩子们刚接回来,她自告奋勇做早餐。手忙脚乱。一早上，像打仗一样硝烟四起，不是烧糊了玉米面糊糊，就是烤焦了馒头片。有一次一大锅开水没端稳，差点儿浇到自己脚背上。顾慧生吓坏了，说："行行好，你让贤吧。"第二天开始，自己起床张罗早餐，却见厨房里，一个小身影已经在有条不紊地忙活，竟是女儿晓山。

"你怎么起来了？"顾慧生问。

"我做饭。"晓山头也不抬回答。

"不用你，厨房不是小孩儿来的地方。"

"我会。"晓山斩钉截铁回答，"姥姥教我了。"

"姥姥教你做饭？"

"姥姥说了，我妈指望不上，我们要靠自己。"晓山淡然回答。

这个八岁女孩儿身上，有一种凛然之气，有一种距离感，让顾慧生竟生出一点忌惮。他一时语塞，不知道该说什么。再一看炉子上，是一锅拌汤，里面煮了均匀的面疙瘩、土豆、胡萝卜、豆角，还有绿绿的菠菜，五颜六色一锅，色泽鲜艳。

"你都做好了？"他搭讪着说。

"还要酥调和，炝锅。"她回答。

她边说，边要去端锅。他急忙制止了她，说："我来我来。小心烫着你。"她让到了一边，嘴里却说道："我又不是我妈。"

他觉得有点刺耳。

他看她抄起一只长柄铜勺，胸有成竹地在火上烧热，倒了一点麻油在勺底，等油烧到五六分热，抓几粒葱花投进油中，又迅速倒入一点陈醋，只听"刺啦"一声，陈醋的香气如同灵魂出窍一样飘散出来，几乎是同时，铜勺伸进了拌汤锅里，一层油花跳脱地浮现。大功告成。

她真不是她的妈妈。顾慧生想。

从那天起，晓山就包揽了家中的早餐。

午餐，她和弟弟一起去吃妈妈单位的食堂。家属院就在单位的后边，只有一墙之隔。有时，妈妈也会把饭打回来他们三人在家里吃。其实晓山更喜欢这样，她不喜欢在大庭广众之下吃东西。晚餐父亲回来，才是他们一家人团聚的正餐。父亲义不容辞，学习菜谱，担起了主厨的责任，母亲负责打下手，晓山和晓河轮流洗碗。但那个笨手笨脚的帮厨常常影响主厨的进度和发挥，于是渐渐由晓山代替。两年后，顾家的主厨易主，顾晓山取而代之，而父亲，则成了打下手的帮厨。

一家人围桌而坐，吃着晓山做出来的饭菜，榨菜炒肉丝、猪油渣烧白萝卜，或是家常豆腐，原料简单，可色香味俱佳。程柳有一次不解地问："为什么姥姥这么用心教你做饭，不教我呢？"

晓山回答："因为我有一个不会做饭的妈，而你妈会做啊。你不需要。"

程柳想想，还真是这么个理由，不禁笑了。

"就算姥姥教你，你也未必会做得像我这么好。"晓山不客气地说，"我有天赋，你没有。"

"真不谦虚。"程柳说。

"可我不希望你这么能干，"顾慧生忽然插嘴说，"这世界上，永远都是能者多劳，将来，有一天，你要是有了自己的家，会累死。"他怜惜地望着女儿。

十岁的晓山看看父亲。她没有料到从父亲嘴里会听到这样的话。她心里的那个"将来"，遥远、梦幻、五光十色、诗情画意，和"做饭"这样的事情，风马牛不相及。但是父亲那种真切的隐忧，不知为什么让她感到一点伤感。她沉默了。

每到周末、假期，晓山晓河还是会回姥姥家去。孩子们和姥姥姥爷更亲。郊区姥姥姥爷的家，才是他们的故乡，他们的"百草园"。也真有一个小园子，姥爷家住独门独院，红砖平房，带出檐前廊，是当初学院的苏联专家设计的样式，亦中亦苏。房前屋后，都有空地。前院姥姥种花木，后院则开垦出来，种各种蔬菜，种玉米，还有灿烂的向日葵。三年困难时期，姥姥的小园子，就像诺亚方舟一样，拯救了他们一家。后来，灾年过去了，姥姥居安思危，前院也不再种花，而是种下土豆、红薯、南瓜这些易于存放的块茎类植物。秋天收获的那些土豆和红薯，挖菜窖储存起来，够他和女儿家吃一个冬季。

无论前院还是后园,无论种花还是种菜,都是晓山和晓河的乐园。

那个暑假,跟姥姥在厨房里做饭的晓山,忽然问了姥姥一个问题:"姥姥,你幸福吗?"

姥姥奇怪地望着她的孩子,半天,反问道:"山啊,啥是幸福?姥姥只求一家人平平安安,没病没灾。你们都好,就是我的福气。"

这是晓山想要的回答吗?她也不清楚。不过姥姥慈悲安详的脸,让晓山忽然深深感动。

"姥姥,你知道吗?你很伟大。"

可她清楚,她不会成为姥姥。她不想。

终于,历史来到了那一年夏天。

那一年,晓山十二岁。

程柳出事了。

那一年,出事的人太多。就算一个小人物,也会出事。

程柳,只不过是一个文学编辑,一个小有名气的业余作者,写了那么多年,只出过一本小说集。可是居然也出事了。她的每一篇小说,原来都有问题,字字句句,都包藏着巨大的祸心。大字报铺天盖地,从单位一直绵延不绝贴到了后边宿舍院,一个接一个浪头打蒙了她。可她是个认真又倔强的人,她辩解。她为那些呕心沥血诞生出来的文字鸣不平,急得顾慧生恨不得冲上去捂她的嘴。她真是不识时务顽固不化呀。这更加激怒了革命大众。于是有更大更猛烈的滔天巨浪,在不远的前边等待着要将她吞没。

那是一场盛大批判会的前夕,是省城文化界的大会。顾慧生和程柳都要参加。深夜,他们无眠。顾慧生拥她入怀,顾慧生说:"明天,你就是做样子,也低一下头吧。"

她沉默不语。

"为了孩子们。"顾慧生说,"为了我。"

她还是不说话。

"看你被折磨,我受不了。"顾慧生说。

"慧生,"她终于开口了,"答应我一件事。"

"什么?"

"明天,你上台去揭发我。"程柳这么说。

"你疯了?你说什么疯话?"顾慧生大吃一惊。

"听我说,"程柳异常冷静,"他们不是一直逼你揭发我,逼你做选择吗?明天就是最后的机会。你上台,揭发我,批判我,随便找一条什么罪状。和我划清界限。"

"为什么?你胡说些什么?你真的神志不清了?"

"我清醒得很,"程柳回答,"你听我说,这样,我们俩,至少可以保全一个吧?"她在黑暗中转过脸,两只眼睛灼灼地望着顾慧生:"你安全,我才能安心啊,要不,孩子们怎么办?"

顾慧生愕然。他开始明白程柳是认真的。

"我已经是这样了，已经完了，就算我低头，就算我此刻下跪，哪怕是趴下，能改变结局吗？不能！"她继续说，"孩子们已经为我感到羞耻，这些天，我都不敢看他们的眼睛——"她突然感到一阵窒息："所以，慧生，你一定要想方设法保全自己，大义灭亲，为了他们。船沉了，要死就死我一个，你要带他们上岸。"

"那是他们的命——"他说，"生在这个家里，生在这条要沉的船上，那是他们的命。"

"不是！"程柳回答，"你可以带他们逃，做你该做的！去揭发我——"

顾慧生说不出话。这是一个什么样的选择？他不寒而栗。

"你要让我做一个无义之徒？"许久，他说。

"对，慧生，你必须出卖我，做一个不义之人，这一辈子，顶着一个无义之徒的帽子，过一辈子。"她平静地、冷酷地说，"这是你的命。"

"我做不到。"

"你能。"她说，"想想晓山，想想晓河。晓河男孩子，小两岁，还懵懂，我最不放心的是晓山。她自尊心那么强，从小，活得那么光鲜，突然这样，她承受不了。你看这些天，她都不肯跟我打照面，不肯回这个家……我怕她干傻事。"

他身上一阵发冷。

"不会吧？"他说，"她能干什么傻事？自杀？"话音落地，他的冷汗就下来了。

她沉默。

"或许，还有更可怕的。"她说。

"是什么？"

"她大义灭亲，和我划清界限，揭发批判我——"她说，"就像我让你做的一样。"

他懂了。

一个孩子大义灭亲。此刻，这是最正义的举动，一点不鲜见，可一生很长。在未来的岁月里，长大的她，能否安心？能否在每个夜晚无愧地安眠？最要紧的，她们母女，将怎样面对？

假如，必须有一个人"大义灭亲"，那只能是他这个父亲啊。扑上去堵住枪眼，保护身后的孩子，保护她在未来的岁月中，能够身心干净。

他落泪了，更紧地抱住了他的妻子，他孩子的母亲，他必须去伤害的亲人。他们不再多说什么，十几年的夫妻，有太深的默契。她知道他被说服了，她知道他做了决定。她突然心痛难抑，一种奇怪的失望在一瞬间闪现。她在最深的意识里、最黑的意识里，是希望他不答应的吗？她不知道。只是更紧、更亲地把脸埋在他胸口。天就要亮了。

六点半，她起床。破例给孩子和丈夫做早饭。先煮一小锅玉米面糊糊，让它在炉子上小火慢慢熬着。然后和面，切葱花，准备烙葱花饼。奇怪的是，她居然做得得心应手，毫不忙乱。切葱花时，眼泪流了下来。身后伸过来一只手，递给她手巾。她回头，是顾慧生站在那里，望着她。她接过手巾，说："葱花辣眼睛了。"

他扳过了她的肩膀，望着她的眼睛，说："我能改主意吗？能反悔吗？"

"不能。"她回答得斩钉截铁。

她烙饼。他洗菜切菜，凉拌了一盘蒜泥黄瓜，炒了一碟香葱鸡蛋。那天早晨的餐桌，比起往日，要丰盛许多。四小碗金黄黏稠的玉米面粥、一大盘香气扑鼻的烙饼、两盘漂亮的菜肴，隆重地摆在桌上。程柳和顾慧生坐下，顾慧生喊孩子们，说："吃饭了。"

无人应答。

再喊。只有晓河木着一张脸过来了。顾慧生问："你姐呢？"

"出去了。"晓河面无表情回答，"很早就出去了。"

顾慧生哑口无言。

"她不想看见我。"程柳轻声说。

"别瞎想，"顾慧生说，"你多吃点——"他把炒鸡蛋推到了妻子面前："你要多吃点，这是我专门给你炒的——"他忽然说不下去了。

她知道。她心如明镜。

"我是得多吃点，才有力气。"她回答。

吃饱喝足，然后去被亲人践踏。

那是她最后的早餐。

后来的岁月里，顾慧生无数次地想，做一个"大义灭亲"的出卖者，真的只是程柳的逼迫吗？

他记不清楚自己是怎么在一片呐喊和怒吼声中走上台，说了些什么。记不清楚是不是愤怒的人群指责他避重就轻，指责他敷衍、包庇。只记得，当他最终说出"美庐"这两个字时，说她把自己的家竟称作是宋美龄的"美庐"，被强压着脑袋的程柳突然侧过了脸，惊愕、意外、悲哀、难以置信地看了他一眼。这一眼，他一辈子，此生此世，如被烫伤一样，再也不能忘记。

群情激愤了。

人群波涛般的怒吼声中，顾慧生想，程柳，你什么意思？不是你，逼我这么做的吗？不是你，逼我去做一个出卖者吗？不是你说，此生，我只能戴着一个无义之徒的帽子，过一辈子吗？那你为什么惊愕和难以置信？

他一遍一遍地问。可是，永远没有答案。

程柳的自杀，让两个孩子悲痛而自责。尤其是晓山，她觉得是自己的无情害死了母亲。她几乎是一夜之间，就从一个任性、彷徨、不知何去何从的孩子，变成了一个罪孽深重的大人。她不原谅自己，同样也不原谅父亲。她认为，父亲和她一样，手上都沾着母亲的鲜血。出事后，她带着弟弟，离开了"美庐"，离开了这个伤心之地，离开了父亲，重新回到了郊区姥姥家。从此再也没有回来。

母亲的遗骨，起初，一直寄存在郊外的骨灰堂。很晚的后来，晓山和晓河，才将母亲安葬在他们城市的一个依山傍水的公墓。姥姥和姥爷也在这个公墓里。母亲的墓碑，紧挨着姥姥姥爷的墓碑，他们骨肉至亲在那个世界团聚了。

年年，他去祭扫，避开可能和孩子还有岳父母碰面的那些日子。无论是骨灰堂还是后来的公墓，他都会独自一人在那里坐很久很久。他会告诉程柳孩子们的近况，他自己的近况，生活的种种变故，等等。最终，会回到那个永远的疑问，他说：

"程柳，是你逼我做一个出卖者，逼我做一个无义之徒，可是，我做了，你为什么那么惊愕和意外？"

永远不会再有答案。

这是至死的折磨。

或许，答案就在那里，只是他不敢正视。那就是，做一个出卖者，并非只是被迫。潜意识里，他要自保，自救。就像溺水的人本能地要抓住什么。所以，他才会在慌乱和恐惧中选择那么重磅的炸弹。

出事后,他去岳父母家看孩子。他们拒绝他进门。两位老人视他为杀女的仇人。岳父承受不住女儿的噩耗,血压一路飙升到二百四十,被送到医院救治。岳母和晓山在病房里日夜陪护他。顾慧生闻讯,守在医院门口,苦苦等待晓山一个人出现。某个傍晚,晓山果然出来了,形单影只,提着一只搪瓷饭盒。他冲到了她面前。

"姥爷怎么样了?"

"还好。"她面无表情。

"你们呢?你和晓河?"他又问。

"不好。"她漠然回答,"晓河一直不肯说话,一句话也不说。"

"你恨我,是吧?"他突然说。

"不,我恨自己,"她蔑视地看了父亲一眼,"你不恨你自己吗?"

"我恨。"他回答。

"那就对了,"她说,"我根本顾不上恨你。"她望着他的眼睛说:"求你一件事。"

"什么?"

"别再让我们看见你了。"她回答,"别再让我们更痛苦——永远。"

说完,她就决绝地走了,提着空饭盒。那搪瓷饭盒不知为什么那么触目惊心。他呆呆望着她的背影。就是从背影里,他也能清楚地看见那种无声的鄙夷和轻蔑。他甚至不值得他们去恨。他想。

只是,他也不会看见女儿在无声地哭。

两间原本不大的平房,突然之间,空荡得可怕。到处都是空,是虚无。他觉得自己就像一个游魂,一个孤魂野鬼。他夜夜失眠,没有安眠药根本无法入睡。安眠药的剂量越用越大,终于有一天,他一口吞下了半把。这下他睡沉了,睡了两天两夜。第三天早晨,他奇迹般醒了过来。太阳照进了房间,阳光灿烂。他静静坐在阳光里,神思清明,渐渐沁出一身冷汗。

他还活着。

他庆幸,庆幸自己活着。他感谢神恩。否则,孩子们的政审资料里,就将有一对自绝于人民的父母。神,或者是程柳,庇佑了他们的孩子。

顾慧生,你得活。他对自己说。你答应过程柳,要作为一个无义之徒,厚颜无耻活下去。

哪怕仅仅是作为一个政审表格上的父亲活着。

他不再去打扰他们。每月,发了薪水,他第一时间赶去邮局,给孩子们寄生活费。钱寄到了岳父名下,可总是被原封不动退回。他不管,继续寄。厚颜无耻地寄。一意孤行地寄。起初,这就像一场拉锯战,一个寄,一个退,相持不下。后来,顾慧生觉得,他们俩,他和岳父,都变成了永无休止推石头的西西弗斯。

即使肉身死亡,石头不死。

十四　聚会

晓山去世十年时，一些人在青山栈聚合了。

宋楚鸣亲自开车，去机场接机。徐明从遥远的南方，吕舜清和叶梅则是从北京，先后飞来，会齐了，一起往山里开去。

十月的山区，丰茂而静美。庄稼成熟了，漫山遍野的树木，黄的黄，红的红，绿的绿，层林尽染，斑斓如画。河水清冽，天空深邃悠远。车开进山里后，徐明的眼睛就一直贪恋地凝望着窗外，嘴里不断发出惊呼。在亚热带的南方生活久了，她已经有些淡漠了四季的概念。而此刻的秋山、大地、河水，忽然唤醒了她满心的乡愁。

"我的北方啊。"她说。

"你作诗呢？"大吕忽然插话，"下一句？"

"我为什么要终老异乡？"徐明接口说。

"因为地球都在流浪。"开车的宋楚鸣冷不防接了下句，像是念一句台词，"我们又到哪里找寻故乡？"

她们都笑了。可是心里却有些沉甸甸。

"老宋,"徐明叫了一声,"看来,青山栈也没有能治愈你啊。"

"我爱青山栈。"宋楚鸣说,却并没有回答徐明的问题。

他苍老了不少。头发推成了寸头,是乡间刘师傅的手艺。一头花白的发茬裸露在阳光里。可是肤色是健康的小麦色,人也很精神,一点不颓唐。一件咖色的棒球夹克,袖口磨得发白,显然是件旧衣服,可穿在他身上,一点不寒碜,倒显得随意闲适。

"这件衣服我还记得,"坐在副驾上的徐明看到了他磨毛的袖口,"以前总见你穿。"其实她要说的是:"是晓山给你买的。"但话到嘴边她咽了回去。

从前,他大多数衣物,都是晓山买的。

而现在,除了一些内衣袜子之类,他几乎不再买衣服。从前的衣服,足够他穿一辈子。

"对,不错,"宋楚鸣回答说,"这还是晓山买给我的。"

车里一阵安静。

"十年了,"叶梅突然感慨一声,"晓山走了十年了。"

"她现在比我们都年轻。"徐明说道,"我们老了。"

"你没变,"大吕和叶梅异口同声地说,"你还那样,一点都没变。"

徐明笑笑。怎么会不变呢?她想。她们看不见她心里的苍凉。

"大吕，还没祝贺你呢，"宋楚鸣说，"祝贺你荣升奶奶。"

"需要你帮忙带孙子吗？"叶梅问。

"不需要，有姥姥呢，"大吕笑着回答，"现在北京大多都是姥姥帮忙带。"

"有道理。"宋楚鸣说，"娘家妈妈带，少太多麻烦。"

"你女儿呢？"大吕回头问叶梅，"她也结婚好几年了吧？还没有孩子？"

"他们不要。"叶梅回答，"这是她答应结婚的条件，不生孩子。"

"男方家里同意？"

"我们亲家一家还很开明，说尊重孩子的选择，家里就这一个独生子，也不介意绝后不绝后。"

"咱们这代人，毕竟不是我们的上一代，好沟通。要是上一代人，恐怕很难理解。"

"我女儿说，不想像我们一样活得这么累。"叶梅笑笑，"她说我是个坏榜样。当年我和她爸爸两地分居，我一个人带她，没有帮手，很辛苦。她又爱生病，半夜里发高烧，我带她去医院，那时候出租车还是奢侈品，坐不起，也不好叫。我把她绑在背上，骑自行车去看急诊，到了医院，我背上的汗把她的包被都浸湿了……"

"是啊，谁不是那么过来的？"大吕说。

"现在一线大城市的年轻人，压力太大，像我们这种普通中产家庭，还不算太穷人家的孩子们，结婚，买房子，男女双方的家庭倾囊相助，举洪荒之力付了首付，然后，就是孩子们几十年的还贷生涯。再有了孩子，那更是沉重的重负，不说别的，孩子一出生，恨不得就得考虑他六年后在哪里上小学，怎么置换或者是租学区房，种种问题，太难了！所以他们不要孩子，我没意见。"叶梅一口气说了这许多。

一直望着窗外的徐明，忽然叹口气："人活着，就是为了含辛茹苦。"

"这可不像徐明的话呀。"宋楚鸣说道。

徐明笑了笑："这是简·爱的话。"

大家哈哈笑了。

等大家笑过后，徐明缓缓说道："记得年轻时候，看《简·爱》，看到这句话，觉得很崩溃。也不认同，以为人生一定还藏着更深的意义。活到现在了，活过来了，仔细想，人活着还真就是为了含辛茹苦。"

又是一阵突然而至的安静。

坦荡的公路边，流着一条长河。它发源于这条山脉，流向黄河，汇入大海。这就是它的命运。浅显易懂。

也许有更深的密码，更广阔的意义，那是神谕，我们不懂。徐明这么想。

陈嘉树带着几个服务员等在青山栈门口。车门一开，陈嘉树就说："大家先下来，行李我们来拿。"

徐明第一个下车，说道："你就是传说中的那个陈，陈什么……对吧？"

陈嘉树笑了："在下陈嘉树，您一定是徐明徐老师，对吧？"

"对，我就是那个徐明。"徐明抱歉地笑着回答，"对不住啊，我是知道你的名字的，就在嘴边上，突然就叫不出来了。"

"嘉树，"宋楚鸣领着大吕和叶梅走过来，"这是吕老师，这是叶老师，这是陈嘉树，我兄弟。"

"哥，这下聚齐了。"陈嘉树说。

"对，聚齐了。"宋楚鸣回答。

"哦，房间都准备好了，先带老师们去房间吧，洗把脸，休整一下，再给大家接风洗尘。"陈嘉树说。

太阳就要落山了。黄昏来临了。太阳一落山，气温明显下降。大家出现在餐厅里的时候，徐明披上了一件大披肩，大吕和叶梅也都添了衣服。宋楚鸣说：

"本来想来点情调，在户外给大家接风，可是这个季节还是凉了点儿，只好作罢。"

"这个餐厅的风格我好喜欢。"大吕说，"整个青山栈我都好喜欢。宋楚鸣，你行啊。"

"行的不是我，"宋楚鸣回答，"是米庐，还有嘉树。"

"晓山在哪里？"徐明突然问。

"就在后边山坡上。"宋楚鸣说,"明天早晨,我们一块儿去看她。她一定非常高兴。"

一个中年男士悄然走了进来。

"哦,徐明、大吕、叶梅,给你们介绍一下,"宋楚鸣郑重说道,"这位是顾新,嗯,是晓山的弟弟。"

徐明惊讶地、惊愕地瞪大了眼睛。晓山的弟弟晓河,她熟悉得不能再熟悉啊。晓河每次回国、讲学、开会,或者和妻子一起探亲,总要到南方来看姐姐姐夫。而每次,也都少不了要和徐明见面、聚会,甚至一起出游。可这个顾新,又是何人?晓山什么时候又多了一个弟弟?

她疑惑地望着宋楚鸣:"晓山的弟弟不是晓河吗?难道这个我也忘记了不成?"

"我们是同父异母。"叫作顾新的男士礼貌地说道。

"哦,顾新,这几位、徐姐、吕老师和叶老师,她们都是你姐最要好的朋友,大学的时候,她们就在一起了。"宋楚鸣沉着地给顾新这样介绍。

晓山的家世,徐明几个都知道一些。母亲的死,父亲的再婚,以及,他们姐弟,还有抚养他们长大的姥爷姥姥,和父亲之间不可化解的恩怨,晓山到死对父亲的绝不宽恕,徐明比大吕和叶梅知道得就更多更清楚。怎么晓山去世这么多年后,一个异母的兄弟突然从天而降,这么理所当然地加入到了晓山的世界里?这个宋楚鸣在搞什么名堂？

徐明忽然觉得郁闷。

餐桌早已布置停当。大家随意坐下。一张大圆台，坐六个人，很宽松。叶梅注意到了徐明的沉默，她坐到了徐明的旁边，小声说了一句："老宋这么做，一定有他的理由。"

徐明一怔，望着叶梅，点点头。

宋楚鸣不是一个不靠谱的人。徐明想。

叫作顾新的男子，坐在了宋楚鸣身旁，有些拘谨。仔细看，从他脸上，还真能看出几分和晓山相像的地方。这就是血缘的力量啊。徐明开始对这个顾新有了好奇。

"你从哪里过来的？"徐明问顾新。

"省城。"顾新回答，"我从省城开车过来。"

"家就在省城？"

"对。"

"顾新在省城大学教书，"宋楚鸣插进来说，"他也教比较文学。"

"那，和晓山是同行啊。"徐明瞪大了眼睛。

"是，不过我以前教外国文学。"

"晓山也是啊，她读的是法国文学，后来才做比较文学博士的。"大吕说。

"宋楚鸣，"徐明忽然叫了一声，说道，"你是不是欠我们一个故事？"

宋楚鸣笑了，回答说："那是自然。不过，等菜上来了，我再讲故事，行吗？"

话音刚落，几个服务员排队鱼贯而入，每人手里一个托盘。领头的是夕颜，后面紧跟着的是当年的二燕。现在，二燕已经是两个孩子的妈妈。婆家在河对面那个村庄，丈夫在村里种大棚蔬菜，青山栈是他的一个固定客户。他还有一个B本驾照，所以他还兼任青山栈的司机，开皮卡，帮刘师傅采购，送货。有时也开电瓶车在山口公交大巴站帮忙接送青山栈的客人。他们两夫妻对未来的规划，是在镇里，当然最好是县城，买一套商品房，这样，可以让他们的孩子接受更好的教育。

"怎么这么大阵仗？"宋楚鸣笑着问夕颜。

"何大姐说了，今天来的，都是青山栈最重要的客人，不对，是久别的家人团聚，自然要隆重啊。"

"来来来，你过来坐下。"宋楚鸣拉过了她，说道，"我给大家隆重介绍一下，这是夕颜，是青山栈的志愿者，本人是个作家。她很想认识你们每一个人，徐明，特别是你。"

"我？"

"徐老师，很高兴认识您，认识你们大家。"夕颜微笑着应对。

"作为小说素材，恐怕我们都会让你失望，"叶梅笑着这么说，"我们的生活里，没有故事。"

"不对,"徐明接过了话茬,反驳道,"此刻,就有一个故事,呼之欲出,对不对宋楚鸣?"

宋楚鸣笑了。想,还是那个徐明,不依不饶。

"姐,"陈嘉树笑着叫道,"您稍等片刻,先上菜,可否?"

大盘大碗的菜肴,摆上了餐桌。那些盘和碗,所有的餐具器皿,都是手作陶器。猛一看,粗拙,可是耐看,有意蕴,生动。懂行的叶梅禁不住一声赞叹:"好美!"

陈嘉树自豪地笑了:"这是我一个忘年交小朋友烧制的,今年还不满三十岁,是九〇后。他的窑就在我们河对岸那个村里,他们夫妻俩原本和我一样,画画的,这几年迷上了制陶。做画家这小伙子不算出类拔萃,没想到他俩的天赋原来是做陶!现在,他俩在网上已经小有名气了。我们青山栈也算是他们线下的一个展示平台,一个窗口。"

"后生可畏。"叶梅抚摸着手边的餐盘,感慨地说。

"现在叫后浪。"大吕说。

"我们老了。"徐明说。

宋楚鸣看了徐明一眼。她脸上一闪而过的落寞,是他以前从没见过的。一个落寞的徐明,让他忽然有些难过。他习惯了那个没心没肺的徐明,那个霸道霸气的徐明,那个笑声可以掀翻屋顶的徐明,那个独自辛辛苦苦抚养大了两个孩子,却洒脱地任由他们去五洲四海追寻父亲的徐明,那个孤胆英雄一般要从死神手里夺回她的至爱好友的徐明。宋楚鸣最后一次见到她,还是三年前,他回那个南方城市,卖掉了他和晓山的房子,把自己连根从那个伤心之地拔了出来。临行前,他约徐明在一个咖啡屋见面。那一次,可能是自己事情繁杂、忙碌,他并没有注意到徐明的心情。

"还回这里来吗?"记得徐明问他。

他摇摇头,说:"没有什么特别的事情,就不再来了。"

"不来也罢,"徐明回答,"这里本来就是异乡。"

"你呢?"他问了一句,"要终老此处吗?"

"我啊?"她笑笑,"你看过一本书没?香港作家西西写的,我喜欢这本书的书名——《我城》。"她说:"我一个人,在哪儿不是家?所以呀,这里,就算是我的'我城'了。我要了它啦!"

他笑了。多么豪气,我城!那时他可能忽略掉了什么东西,一些重要的东西。比如,她无人诉说的孤独感,她混迹在人群中的迷茫。记得他当时笑着对她说:"行,到底是徐明!不过,你记住,在咱们北方,在山里,有一个青山栈,如今,晓山在那里,我也在,还有一些有趣的朋友。你累了,随时过来,歇歇脚。"

就是那次,他们定了三年之后的这次约会。

此刻，酒已经斟满了酒杯。青花瓷汾酒，二十年陈酿。宋楚鸣端起酒杯，双手捧着，站起身，说："从有青山栈第一天起，我就总想着有这样的一天，我们这些人，能团聚在这里，这是我最向往的一个时刻。三年前，在南方，我和徐明商量定下了这个'十年之约'。"他笑笑："我回来就在电子邮件里告诉了美国的晓河，他也很兴奋，他早早地留好了这个时间段，机票也早定好了，他准备带着妻子一起来。可天有不测风云，就在临行前两天，他在浴室里滑倒，髋骨骨折，做了手术，无法成行了。所以，我们今天这个十年之约，还是不圆满。"他又笑笑："到了我们这个年纪，也不强求圆满或者完美了，对不对？"他举起了杯子："来，为我们难得的珍贵的聚会，我以晓山之名，敬大家一杯！"他率先一饮而尽。

徐明紧随其后，饮干了杯中的酒，眼睛湿了。

"宋楚鸣，"徐明叫了一声，"你要讲的故事呢？还不到时候吗？"

"哥，我来讲开头，你讲后边。"陈嘉树忽然这么说。他放下饮干的酒杯，望着徐明。"徐老师，可以吗？"他问。

徐明点点头。

"那是我们青山栈开业三四年时的事，有一天，我在山口的公交大巴上，接了一对老夫妇……"

陈嘉树安静从容地开了头。接下来是宋楚鸣。他的讲述,同样安静从容。那个始终不肯改口叫他名字,满心愧疚,在晓山墓碑前崩溃匍匐的耄耋老人;那个因为眼疾即将失明,却仍想分担老伴愧意的老妇;那个始终关注并追随着晓山,却从不敢靠近她的顾新;那个走在异乡的街头,泪流满面悲痛不已的弟弟。这些卑微的、被罪孽感折磨的亲人,就这样,穿过漫长、无情、肮脏、血污的岁月,走了过来。走进了青山栈,走近了宋楚鸣,也同样向着她们:大吕、叶梅,还有徐明走来……

故事很长。

没有人动筷子。窗外,夜色降临了,黑暗和广漠的寂静笼盖了深不可测的大山。笼盖了它无边的慈悲或者无边的漠然。宋楚鸣的叙述,始终是平静、不动声色的,可那种末世感,那种巨大的哀伤,巨流河一样淹没了房间,淹没了每一个听者。

"我不知道我这么做,晓山会怎么想,"宋楚鸣最后说道,"可我就这么做了,她怪我也好理解也罢,反正我都已经做了。徐明,你说,如果是你,你会怎么做?"他转脸望着徐明,这么问。

徐明不回答。许久,她把脸转向顾新,忽然问:"你父亲,顾老先生,他回去后,怎样了?"

"父亲去世了,"顾新回答,"从青山栈回去,半年后,他心梗发作,走了。"

"你母亲呢?"叶梅轻轻问。

"也走了。"顾新说,"我父亲去世后,母亲眼睛就彻底看不见了。在我父亲周年祭日那天,我妈突发脑溢血,也没了。"顾新微微一笑:"我父母祭日,相差一年,却是同一天。"

众人一凛。

"徐老师,"顾新望着徐明,缓缓说道,"至今,我其实都不是很清楚,上一辈人之间的那些恩恩怨怨,但我从小就知道,我有两个异母的姐姐和哥哥。我父亲给我看过他们的照片。小时候,我问过父亲,我说,我能跟他们玩儿吗?父亲回答说,不能。我说,为什么?父亲说,他们恨我。"顾新停了一停,笑笑:"我忘不了,父亲说这句话时脸上的神情,长大了,我知道了那是伤心。"他又一笑:"扯远了,抱歉……我想说,神差鬼使,命运竟让我遇上了晓山姐。茫茫人海中,我奇迹般地遇上了我的姐姐,我好激动!可她生前,我百般蹉跎,不敢和她相认。现在,她不在了,她走了,走得比风还急,还快!我不管不顾了,我不管她认不认我,我要认她!我要当顾晓山的弟弟,不管她想不想当我姐。就算她不想当我姐姐,神明作证,我也是她的弟弟——"

"她想当。"大吕忽然这样插话,"顾新,晓山想当你的姐姐，我知道。"

所有人都愣住了。

"大吕，"徐明第一个质问道，"你说胡话吧？你怎么会知道？"

大吕没有回答。她转向宋楚鸣："你还记得，晓山生病前不久，她曾经去北京参加过一个国际学术会议，还记得这事吗？"

宋楚鸣想想，点点头，说："记得。"

"顾新，你记得吗？那个会议，你也参加了。"她转脸问顾新。

"我当然记得。"顾新回答，"就是从那次会议之后，晓山姐就消失了。"

"我不记得了，那次会上怎么了？"徐明问大吕，"发生了什么？"

那一次，和以往一样，晓山约好了在会议之后和大吕、叶梅见面。因为叶梅有事，刚好不在北京，而大吕的丈夫也在外地出差，他们孩子本来就在外边读书，家里只有大吕一个人，所以，大吕让晓山退掉了海淀那边酒店的房子，当晚就住在了她望京的家里。她下厨，给晓山做了她最爱吃的酱梅肉，几个清爽的凉菜，包了猪肉白菜馅饺子，还开了一瓶晓山喜欢的家乡酒，竹叶青。

"这瓶酒，我可存了好几年了，就等着你来喝呢。"大吕说。

她们在灯下小酌。你一杯，我一杯。一边说些久别重逢的话题。竹叶青是有些度数的，渐渐地，两人都有了些酒意。

　　"晓山，你没事吧？"大吕忽然这么问，"菜你都没吃几口，连酱梅肉你都没夹几筷子，你是不是有点心事啊？"

　　晓山没有说话，一个人端起酒杯，灌了自己一下。

　　"大吕，我好像，遇到一个人。"晓山忽然这么说。

　　大吕吓一跳，还以为晓山……红杏出墙了。

　　"谁？什么人？"大吕问。

　　"我弟弟。"晓山说。

　　"晓河？"大吕奇怪地反问，"你看见晓河了？在哪儿？他回国了？"

　　晓山笑了，摇摇头。

　　"不是晓河。"她说，"我……异母的弟弟。"

　　异母的弟弟？大吕深感讶异。她知道晓山家的故事，知道晓山父亲当年对她母亲的背叛，也知道他成家再婚生子，更知道晓山姐弟和这个父亲早已恩断义绝，形同陌路。怎么突然之间，这个异母的弟弟，会让晓山陷入困扰？

　　大吕也默默地灌了自己一杯，说："我套《西厢记》里的一句话吧：是几时孟光接了梁鸿案？讲来听听？"

　　晓山笑了："我可还没接案呢。"

225

"是怎么一回事？"大吕认真问道。

"以前我没怎么注意，这两年，我们学会开会，或者有什么活动，我常能看到这个年轻人，我们没有说过话，就是面对面走过，他也从不跟我打招呼。可是非常奇怪，我能感觉到他在关注我，又似乎在回避我。后来别人告诉我，他和我同姓，也姓顾，叫顾新，来自我家乡的那所大学。要知道，在我出生长大的那个北方省份，顾，不是一个大的姓氏。我想我知道他是谁了。我当时的第一反应就是，想骂句脏话！这么大的中国，这么小众的一个专业，居然还能遭遇，真是邪门儿了！可更邪门儿的是，我那么恨我父亲，恨和他有关的一切，可是，可是，我心里，对这个顾新，却恨不起来。有时候，在人群中，看到他默默望着我的神情，我心里，不知道为什么有一点酸楚……不过我没有和任何人说过这事。这次来北京，有一天早晨在餐厅，自助餐，他在我前边，低着头，在用夹子夹一只包子，我看着他的侧脸，忽然有一种错觉，我以为我看见了顾晓河！年轻时的顾晓河！大吕，我惊着了。他放夹子的时候，一回头，看见了我，忽然也有点惊慌失措，夹子没放稳，掉到了地上。那一瞬间，我有点儿受不了了……"

晓山笑笑，望着大吕，说："我也不知道我这是怎么了，大吕，是老了吧？"

"是你善良，晓山。"大吕回答。

晓山摇摇头。"我没那么善良，我也不是东郭先生，"她说，"我就是，就是意外，我没想到看到这个顾新，我会心软，会真真切切觉得，原来我还有这么一个弟弟……"

"你觉得他也知道你？"大吕问。

"他一定知道，"晓山回答，"所以他总是远远躲着我，从不靠近。所以他看到我站在他身后他才突然慌张无措。你不知道大吕，他惊慌时候的那双眼睛，也和晓河小时候一样，像受惊的动物。这辈子，我最看不得的，就是那样的眼睛。我一下子就受不了了……"

大吕懂了。

她给晓山杯子里斟满酒，给自己也斟满，端起来，说："来，干了它，晓山，别再纠结，明年你们要是再遇上了，你就大大方方走上前，对他说，顾新，我是你姐。完了。"

晓山笑了，说："这么简单？"

"那还要怎么复杂？"

"可我总不能跟他说：'我认你这个弟弟，可我并不原谅你父亲吧……'大吕，你想，他未必清楚两代人之间这难言的一切，他要是认真追究起来，我怕他会受伤害。"晓山说，"我感觉，他和晓河一样，是个太敏感的孩子。"

"晓山，我借着酒劲说两句，你就当我说的是醉话听听：两代人之间难言的一切，你又知道多少呢？那时候，你不过也是个十二岁的孩子，大人的事，你真就知根知底吗？在那样的历史大环境中，有多少的身不由己啊！你一个十二岁的孩子，真就那么了解你的父亲母亲？"

晓山愣住了。

她了解他们吗？她的父母？她需要了解他们吗？她需要知道背叛后面的一切细节吗？当母亲从高处飞身而下血肉横飞的瞬间，一切就凝固了。凝固成山，成铁幕，永恒地矗立在了她面前。那是她永不能穿越的生命底线。

"大吕，你好残忍。"她说。

大吕握住了她的手，说："那就再想想，不急。"

"不，"晓山说，"我听你的，我要这个弟弟。我想要。再见到他，我会和他说，顾新，我们俩都不是好演员，别演了！别的，那些顾虑、牵绊，去它的吧，不管它了！我说呀——"她仰起脸，望着悬在头顶的吊灯，双手合十，说道："上帝，佛祖，众位神明，求你们了，别老拿这些事来考验我、折磨我了，行不行啊？跟你们好好打个商量……"

她俩都醉了。

第二天早晨，大吕开车，送晓山去机场。一路上，她们都没有再提昨晚的话题。车停在了"出发层"，临下车前，坐在副驾上的晓山回身轻轻抱了一抱老友，说："放心，大吕。"大吕回答说："我当然放心你，你又不是徐明。等你消息。"

她们都笑了。

可是大吕一直没有等来她想知道的那个消息。

晓山病了。

她错过了和顾新重逢、相认的机会。永远。

"所以，顾新，"大吕在缓缓讲完这一切之后，望着顾新，说道，"晓山在心里，早已认你是她的弟弟了，和晓河一样的弟弟。"

顾新那双敏感、动物一样容易受惊的眼里，渐渐溢满泪水。起风了，山风浩荡，无数片红叶、金叶，在黑夜中飘然纷飞、坠落。这痛彻心扉的美景，没有人看得见。

宋楚鸣很震动。晓山并没有和他说过有关顾新的一个字。同样震动的还有徐明。"大吕，这么一件大事，晓山为什么只告诉你一个人？为什么不告诉我们呢？至少，要告诉宋楚鸣啊！"

"我想，她是没有来得及，命运没有给她解释的时机。还有可能就是，她觉得和至亲的亲人讲这件事，牵扯的往事太多，太为难，也太伤心吧？不知道该怎么开口……"

没有人知道为什么了。

宋楚鸣刚想说话，只听有人在外边欢快地喊："米庐来了!"话音未落,一身风尘的米庐冲了进来,嘴里说着:"抱歉抱歉,来晚了!"

宋楚鸣和陈嘉树同时站了起来,陈嘉树说道:"这下齐全了!"

宋楚鸣定定神,说:"添酒回灯,重开宴——"

第二天,早饭后,这一群人来到了后山。

一清早,被鸟鸣声叫醒的徐明、大吕和叶梅,就踏着露水,去山坡上采来了一大捧红叶和小野菊,现在,它们被徐明捧在手里。

一群人,站在高大的油松下,站在那块没有雕饰的青石前。没有坟墓,没有墓碑,只有那句镌刻在石头上的诗,陪伴着那个长眠者:

我们只是路过万物,如同一阵风吹过。

徐明、大吕,还有叶梅,三人上前,把那束红叶和野花,轻轻地,放在了石头前。大吕说道:"晓山,好久不见……"话音未落,眼圈儿红了。

"晓山,"宋楚鸣开口了,"你看,是你,让大家都聚在一起了。天南地北的,都来了。昨晚,大家都很开心,何姐整了一大桌菜,都是咱们青山栈的拿手菜,包了好几种馅儿的饺子,酒也喝得很尽兴。今天一大早,她又包了你爱吃的猪肉大白菜馅儿的,现煮了,给你拿来了。"说着,他走上前,蹲下,把手里一直拎着的野餐篮放下,从里面端出了一盘饺子、一盘葱烧台蘑、一盘皮蛋拌黄瓜、一碗酱梅肉。又拿出一瓶酒和一只酒杯,陈嘉树也走上前,从篮子里取出开瓶器,接过酒瓶,打开了,双手捧着,把宋楚鸣手里的酒杯,小心翼翼斟满。宋楚鸣捧起酒杯,站起身,又说:

"这瓶酒,竹叶青,是叶梅带来的。她为此专门从北京跑去了杏花村酒厂,找了熟人,买来了真正的陈酿。竹叶青是你最爱的酒,你爱它,是因为姥爷姥姥喜欢它。它早已不算什么名贵的酒了,可在咱家,在你心里,它的地位,无可取代。来,先敬你一杯!"他把酒缓缓浇洒在了青石下的土地上。"还有这碗酱梅肉,是大吕亲手做的,腐乳是她从家里特地带来的,她说你就认这个牌子。你每次从北京回来,都要跟我念叨,说大吕做的酱梅肉,是一绝,太好吃了。说她做的味道,和从前姥姥做的,很像很像。昨晚聚会还没散,她就拉着何姐去了厨房,又煮又炸又腌,今天一大早,上蒸笼现蒸出来。你尝尝,是不是你心心念念的那个味道?"宋楚鸣徐徐地继续说:"还有这台蘑,是所有的菌菇里你最喜欢的一种,当年你还在的时候,真正的台蘑就已经很难买到了,记得咱们回北方老家,在饭店里,点了多少次葱烧台蘑,可都不是当年那个味道,一吃就知道是冒牌货。今天这个台蘑,绝对是真的,这是徐明朋友的朋友,不知道拐了多少弯儿,认识一位僧人,从五台山菩萨顶寺庙里弄来的,是住持餐桌上的珍品……晓山,你和我,我们何其有幸,今生能够遇到这样的朋友——"

"哥,晓山姐,"陈嘉树在一旁开了口,"你们俩,上辈子啊,一定拯救过银河系。"他说了一句韩剧里的台词,插科打诨,他怕宋楚鸣太伤心。

"晓山,"叶梅也说话了,"十年了,你还能认出我吗?昨天徐明说,现在,你比我们都要年轻,是啊,你看看我。"她一伸手掀掉了头上的假发,露出了一个灰苍苍稀薄的头顶。"晓山,这是我,叶梅,十年生死,不能说'尘满面',可绝对是'鬓如霜'了!还认得出来吗?我皮肤过敏,不能染发,可我怕你认不出我来,所以戴了女儿送我的假发套来见你:晓山,别来无恙?"

没有什么,比这个灰苍苍的头,稀薄的头发,更清楚地裸露出时间残酷的本质。宋楚鸣、大吕、陈嘉树,包括从没有见过晓山的米庐,眼眶一阵潮热。叶梅对着青石头继续说道:"你还记得吗?晓山,咱们几个人,有一次说过,要漂亮地老去。记得你说,一头如雪的白发,脖子上围一条鲜艳的丝巾,是多么妖娆!"叶梅轻轻笑了:"只是,多少人,等不到头发变成白雪,就已经掉得差不多了!厚厚的、如雪的白发,就和所有稀缺的美一样，是上帝发的彩票，不是所有的人，都有那个抽到的运气，我就没有啊。晓山，衰老，是一件不美丽的事，一点都不漂亮，它残忍、残酷、丑陋不堪。可是，尽管如此，我还是愿意，我们四个人而不是三个，一起丑陋不堪地、坚强地老去……"她哭了。

大吕轻轻地揽住了她的肩膀。

"晓山，"大吕说，"没有征得你的同意，我就把顾新的事说出来了。不会怪我吧？我想你不会。不过心里还是不踏实，你要是不怪我，就想法子告诉我呗，给我托个梦，或者别的什么，行吗？"

阳光透过油松，洒下来。斑驳的光影，投射在地上，有一种山林特有的神秘感。秋山的香气，在林中弥漫。一只鸟从树上飞下来，落在石头上。是一只杜鹃。大吕还没来得及反应，一直沉默的徐明忽然笑了，说：

"是你吧晓山？我知道是你。咱俩有约啊，你说你会变成鸟的，就像《一日长于百年》里的那个母亲，去世后，变成鸟，日日对着她失忆的儿子喊：想一想，你是谁家的子弟？你叫什么名字？你的父亲叫什么什么……对不对晓山？"

扑棱一声，鸟又飞走了，却也没有飞远，停在树枝上，俯瞰着树下的他们。

"你说过，你会学她，变成鸟，飞我梦里，对我说，你是徐明，我是顾晓山，我不准你忘记我——"徐明仰起脸望着那只灰羽毛的杜鹃,又笑笑:"可是,对不起,晓山,我要食言了,我做不到了!有一天,就算你这只鸟这只杜鹃再叫,再喊,喊一千遍一万遍,喊出满嘴满喉咙的鲜血,我还是会忘记你,忘记大吕和叶梅,忘记我的大熊和小羊,我的孩子们,忘记所有的人,忘记一切!忘记我自己是谁,忘记我的来历,我一生的遭际,我的爱恨情仇,我会变成最黑的黑夜,吞噬掉那个叫徐明的人。晓山,我啊,我病了,阿尔茨海默病,这个最恐怖的病,现实版的'曼库特',这个酷刑,让我摊上了!现在虽然是早期,可是,你也知道,它的结局,就在前边,在不远的前边,等着我呢。"

所有人,都被这番话,惊呆了。

"'我们只是路过万物,像一阵风吹过。'这石头上刻的是谁的话?好熟悉,可我已经想不起来是谁说的了。这不重要,重要的是,它安慰了我。晓山,归根到底,还是你,安慰了我,是啊,谁不是像风一样,路过万物,路过这世界,记忆和生命一起消失或者先于生命死亡,又有什么不同?……"徐明笑着说。

她自始至终,都在微笑。笑得像个孩子,又像个先知。

杜鹃飞走了,飞进了密林深处。林深似海。

漫山遍野都是杜鹃的悲鸣。

尾声 青山常在

一年后，徐明的女儿小羊从西班牙回来，接走了母亲。那时徐明已经常常走失，找不到回家的路。谁都没有想到，她的病发展得如此之迅速。小羊说："妈妈，跟我回家吧。"徐明说："哦，回老家啊？"结果去了异乡。

两年后，彻底失智的徐明，在马德里一家养老院里，感染新冠肺炎，去世。

青山栈还在。只不过，二〇二〇年开始的这三年，它坚守得很悲壮。

宋楚鸣白了头发。那是一头如雪的白发。

青山栈故事汇
——摘自夕颜的笔记

目 录

第一个故事
弱水三万里
243

第二个故事
漂泊者
265

最后一个故事
方舟
293

第一个故事
弱水三万里

讲故事的人，是个七〇后，一九七〇年生人。他算是青山栈的老客人，每年夏天，最热的时候，他都会从闷热的北京来山里歇夏避暑。不清楚他的职业，似乎是个生意人，又似乎不是。这不重要。在青山栈，他只是一个讲故事的人。他们都叫他老吴。

老吴讲的，是他小时候的事。

老吴的家乡，在扬州。那是个好地方。"故人西辞黄鹤楼，烟花三月下扬州"，扬州是个活在唐诗里的名城。身为一个扬州人，老吴有一种先天的优越感。

上世纪七十年代中叶，老吴还是个小朋友。很机灵，细长脖，大脑袋壳，极其贪吃，却总吃不胖。他们家，男丁不旺，到老吴这一辈，还是只有老吴这一根独苗。父母还好，爷爷奶奶宠这个孙子，宠得神魂颠倒，要星星不敢给月亮。老吴的爹妈，都是手工业局下属小集体的工人，不是人家那种大型国营单位，厂里没有自己的家属宿舍，所以，老吴一家，祖孙三代，还都挤住在老城区一个大杂院两间小平房里。好在两个姑姑都在乡下插队，轻易不回来，一家五口还能住得开。那时候，小孩子七岁上小学，七岁之前，老吴没进过托儿所或者幼儿园，就跟着爷爷奶奶，日子过得自由自在。

爷爷是个匠人，鞋匠。在他们家附近的巷口，支了一个修鞋摊子。爷爷修鞋的手艺，娴熟精湛，可是待人并不热络。来找他修鞋钉鞋的，大多都是附近几条街巷的老住户，很多都是常年的回头客，他也不喜欢和人家搭讪、聊家常之类。只有在晚饭时，喝了几杯酒之后，他才会打开话匣子，变得絮叨。

从前，爷爷不是修鞋匠，爷爷是个小业主，开一片小缫丝厂，当然那是在旧时代或曰旧社会。临解放，缫丝厂破产倒闭，一来二去，爷爷就变成了一个修鞋的手艺人。

老吴自然没有见过做缫丝厂老板的爷爷，他认识的爷爷，就是一个鞋匠，一个手艺人。除了修鞋，爷爷也顺便给人修拉链，修尼龙雨伞，修皮箱。有时还给人锔盆锔碗。在他读书上学之前，很喜欢和爷爷一起出摊。当然他并不是喜欢看爷爷修鞋钉掌，或是摆弄拉链，那没有什么看头。但是，爷爷的钉鞋摊，斜对面，是一个小饭馆，叫"立新小吃店"，当然早先不叫这个名字，早先叫"鸿福居包子铺"，里面卖的三丁包、干菜包、笋肉馄饨、煮干丝还有黄桥烧饼，都是老吴心心念念的美味。而爷爷也从来没有让老吴失望过，只要和爷爷出摊，总不会亏欠他的那张嘴。有时是一只包子、一份煮干丝，有时则是一碗馄饨、一只烧饼。所以，只要老吴哪天闹着要和爷爷一起出工，奶奶就会说："这是肚子里的馋虫在叫了。"

常来找爷爷修鞋修伞的客人里，有一个老女人。这个老女人一来，爷爷会变得有点不一样。他总是把马扎朝前轻轻一推，说："坐吧。"语气平淡、柔软。他们会淡淡地闲聊，脸上云淡风轻，说的也都是家常话。身体怎么样啊，犯老毛病没有啊，腰痛还是腿疼啊，等等。都是老吴这样的小孩子毫不感兴趣的话题。奇怪的是，这些没意思的话，从这个奶奶嘴里说出来，老吴竟然有点爱听。

除了这些，他们有时会提到一些人名。谁谁谁近来如何啊，谁谁谁又干了一件什么事啊。这些谁谁谁，有的老吴知道，他们也来找爷爷修鞋或者去过家里，是熟人，有的，老吴压根儿就没见过。关于这些谁谁谁们的事，都是这个奶奶说，爷爷听。而有时候，他们则会提到一个地名，苏州。苏州的一个什么菜呀，一个什么点心呀，还有虎丘呀山塘街呀，三言两语，没头没尾，又不露声色，让老吴摸不着头脑。可苏州，或者说，某些故事，就在这隐约的只言片语里熠熠生辉，说不出的神秘迷人，让小小的老吴心生遐想。

总之，老吴喜欢这个奶奶。

他暗自叫她"苏州奶奶"。

苏州奶奶来修鞋，爷爷从不收钱。他们俩难免要争执一番，爷爷会说："你这是打我脸啊。"

苏州奶奶说："你这样，我下次不敢来了呀。"

爷爷慢慢说："我不等你这两角钱买米下锅。"

"弗好意思啊。"苏州奶奶回答。

苏州奶奶说话，自然带了苏州口音。可爷爷后来说那也不是地道的苏州话。不是真正的"苏白"。而且，苏州奶奶也不是苏州人，她来自一个很冷很远的地方，那个地方叫哈尔滨。

"苏州奶奶是哈尔滨人？"老吴觉得奇怪。哈尔滨这个地方，五岁的老吴还没怎么听说过："哈尔滨在哪里？"

"朝北，"爷爷回答，"一直走一直走。"

"那是哪里？"

爷爷不说了。

"你为什么不要苏州奶奶的钱呢？"老吴想起来这样问道。

"因为我们是朋友。"爷爷认真回答。

在老吴的记忆里，被爷爷称为"朋友"的，似乎只有这一位，苏州奶奶。

爷爷有的只是熟人，或者说故人。

有个李老头，也常来爷爷的钉鞋摊，是爷爷的故交。他有个很显眼的大鼻子，爷爷背地里就叫他李大鼻子。他则叫爷爷老鞋匠。他在运输社上班，蹬平板三轮车送货，再早之前是拉平板车。下力气的人，常年风吹日晒，皮肤黝黑，身板很是硬朗。还有个常师傅，在房地局修缮队里当泥瓦工，也是爷爷的一个故人。李大鼻子和常师傅，来爷爷摊子上，有时是修鞋修伞，有时就是路过，过来聊两句闲话。

老吴渐渐发现，李大鼻子，还有常师傅，过来聊闲天，说的最多的话题，就是苏州奶奶。原来他们三个都认识苏州奶奶，都是苏州奶奶的旧相识。

他们都管苏州奶奶叫"芸姐"。

"前几天我去了芸姐家，"李大鼻子坐在马扎上，掏出一包丰收牌香烟，递了一根给老吴爷爷，"本来只是去给她送几件绣活的，不想她老毛病又犯了，尿血，躺在床上，起不来。家里的药也吃完了。我说带她去医院看急诊，她不去。拗。赶快出去给她到药店买了药。"李大鼻子说："唉，作孽。"

"是赶活赶得累了吧？"爷爷说，"她这毛病，一累就犯。遭罪。好了没有啊？"

"昨天我又去看了，好了。"李大鼻子回答，"她这毛病，来得快，去得也快。可就是不断根，磨人，缠绵。"

"那几年给她找过好大夫，也打听过偏方，药也吃了，偏方也用了，当下还好，就是不断根。她也灰心了。"爷爷叹气说。

"这个病，就是更年期以后的妇女爱得。医生说，第一次发病时，一定要根治。不然就麻烦了。"

"可不就是这样？"

他们不再说话，对坐着抽一支丰收牌香烟。

"你怎么也抽'丰收'了？"爷爷问大鼻子。爷爷知道他爱摆谱，好面子，平时给人敬烟，他掏出的常常是"飞马牌"或者"大前门"。

"这不买药了吗？"李大鼻子说，"又给她买了一点猪肝，让她炖汤，补补。"

爷爷听了，没再说话，掀起围裙，从里面的衣袋里，摸出几张纸币，一共五元钱，塞到了大鼻子的手里。

"你这是做啥？"大鼻子问。

"不是给你，"爷爷说，"下次你再去，给她买点什么，补补。"

"不用你，你家里还有两个插队的闺女呢。"

"你儿子不也在插队？"爷爷反问。

大鼻子不说话了。大家都一样，谁也不富裕，谁手里也没有闲钱。

傍晚，要收摊时，常师傅骑着一辆破自行车哐里哐当来了。穿一件被汗水渍湿的两股筋背心，脖子上搭一条白毛巾。下了车，一边擦汗一边说："芸姐的事你听说了吧？"

爷爷用脚把马扎踢过去，说："听说了。犯毛病了。不是已经好了吗？"

常师傅坐下，一脸忧戚："我觉得不大好啊。"

"怎么说？"

"她这次，不像犯老毛病。"常师傅回答，"她这次，是无痛血尿。"

老吴爷爷没有听明白。

"尿血还分有痛无痛？"

"我也不懂，"常师傅回答，"我们修缮队里有个老伙计，就是尿血。他老伴儿让他去医院，他说，不疼不痛的，就是上火了，去医院干啥？请假还得扣薪水。不舍得去。后来尿得更厉害了，没法子了，去了医院。医生说，耽误了。无痛尿血，不好，是恶瘤。"

恶瘤这两个字，一出口，让老吴爷爷一惊。

"不会吧？"他说。脊背忽然有些发凉。

常师傅忧戚地望着他，不说话。

他也不说了。

运河在流淌。太阳就要落山了。他们都老了。老得这么迅速这么凄凉。无论是当年栖凤楼里的筱芸仙，还是惯在风流场中逍遥的他们。

十年一觉扬州梦。

认识筱芸仙，是在苏州。苏州阊门码头的花船上。

文人雅士们在这里登舟上船去虎丘，不少人上的就是花船。这些花船上的姑娘，才艺双全，能诗能画能吟能唱，可是筱芸仙不大通。筱芸仙家在松花江畔的哈尔滨，父亲是个赌徒。赌输了，就把女儿嫁给了债主。那年筱芸仙十六岁，丈夫比她大二十岁，死了老婆。三十六岁的男人，要是好好过日子，也行呀。可赌桌上认识的人，说到底还是个赌徒。没多久，输了钱，转手就把她卖给了南边来的人贩子。临别前，丈夫对她说："你也别埋怨我，说我狠心，我和你爹一样，你来之前，我连亲闺女也都卖了，别说你了。谁叫你们命不好，遇上我们这些混账？"

她就这样被卖到了苏州的烟花巷。

取了花名筱芸仙。

学苏州话，学唱曲，学弹琵琶三弦，学水墨丹青。除了水墨丹青，其余的，筱芸仙一概不灵。尽管相貌不错，用东北那边家乡话说，"受端详"，可毕竟差了一点风韵，缺了几分风雅。和文人雅士周旋，往往轮不到她。叫她出条子上花船的，大多都是一些行商坐贾。这些客人里，就有老吴的爷爷。

老吴爷爷那时还是小吴老板。他父亲才是缫丝厂还有门店的当家人，他不过是个不谙世事的少东家。家里只有他这一个男丁，父亲自然想早点让他接手，所以，那些需要跑外码头的事，许多都交给他去做。苏州就是他常去的地方。李大鼻子和常师傅，那时，自然也不是拉排子车的苦力和泥瓦匠，也都和小吴老板一样，是买卖人家的二世祖，几个扬州人，在筱芸仙出局的苏州花船酒桌上认识了。

他们喜欢这个笑起来温暖谦卑的烟花女子。

花船上，酒桌上，听她说不地道的苏白，唱几句不地道的评弹或是吴语小调，反而让他们觉得，她是个邻家姐姐似的温婉女人，而不是一个高不可攀的尤物。

当然，也只是喜欢。他们三个，谁也没有能力为她付出更多，比如赎身。也没有这个打算。

她是他们的一个念想，这个念想，适宜留在苏州。他们的温柔乡。

后来，再去苏州，她不见了。筱芸仙没有了。一打听，人家说她嫁人了。嫁给谁，嫁去了哪里，一概不知道。

李大鼻子说道："算起来，芸姐也是快三十岁的人了吧？也该有个归宿了。"

"是啊。"小吴老板和常师傅随声附和着，"该有个归宿了。"

可是，嘴里这么说，心里还是有种惆怅。一种失去的怅然。那个苏州，从此，没了牵挂。

时间飞逝。一眨眼，好多年过去了。他们三人，没有了筱芸仙芸姐的联系，渐渐不再来往。后来，各自成家，做了人夫人父，连苏州也不再去。三人的身份也历经变迁，从少东家小老板到老板，又从老板最终变成了修鞋匠、劳力工和泥瓦匠：早已不再是从前风流倜傥的少年郎。

那已经是上世纪五十年代中叶，老吴的爷爷在街巷口有了自己固定的摊位，有一天黄昏，刚刚收了摊子，一个戴破草帽拉排子车的汉子朝他走来。老吴爷爷说："对不住，收工了。"

来人看着他，一摘草帽，说："认不出我了？"

他一愣。仔细打量来人。晒得黢黑的脸，一脸沧桑，鬓角已然花白。醒目的一只大鼻子，顶着酒糟红的鼻头。老吴爷爷疑虑地叫出了声：

"李大鼻子？"

"对，是我，"来人回答，"吴三多，你还真不好找啊。"

"你怎么……你怎么找到我的？"吴三多想说的，其实是，"你怎么老成这样？"话到嘴边，又让他硬生生吞咽了回去。你自己又能好到哪儿去呀？他心里苦笑一下。

他的家伙事，工具箱、小凳子和马扎，都已经收好绑到了自行车上。久别重逢的两个故人，就这样，站在街边。太阳落了山，可暑热仍旧不散，吴三多说道："这里离我家不远，到家里去坐坐吧，喝两盅，认个门。"

李大鼻子一抬眼，看到了街对面有家小馆子，黑底金字的牌匾，褪了色，上面写的是"鸿福居包子铺"，就说道："要不，去那个包子铺坐坐吧，我请你吃包子。有话想和你说，去家里，怕不方便。"

就这样，两个人，进了这家老字号的小馆子里，拣了个靠角落的位置，面对面坐了，要了几笼笋丁包、一盘蒜汁肴肉、一大碗煮干丝、半斤大曲酒，喝起来。

"说吧，"吴三多一盅酒下肚，也不寒暄，直来直去开了腔，好像他们分别了一个礼拜而不是十多年，"什么事？"

"芸姐，她在扬州。"大鼻子也一样，一点也不拐弯抹角。

"谁？"

"芸姐。"

这个遥远的名字，这个沉没在荒唐岁月的名字，这个他以为早已忘记的名字，猝不及防地，将吴三多封存的记忆，撕开了一个缝隙。有光射了进来，一点微光，却足够穿透些什么东西，让他心动。

"芸姐，她在扬州？"吴三多瞪大眼睛问，"你怎么知道？"

"我碰见她了，"李大鼻子回答，"在医院里。"

"她在医院上班？"

"不是，她去看病，我也去看病，取药划价的时候，排队，她刚好排我前边。你说，巧不巧？"

是啊,人世间,真是有这种巧合、奇遇。或许,这就是佛家说的"缘分"吧?

"她怎么会到扬州啊?莫非当年,她是嫁到扬州了不成?"吴三多问。

"是,她说是嫁到扬州了,不过现在,她是孤身一人。"李大鼻子回答,"我也不好多问。"他摇摇头:"那时候,还以为她有了好归宿,还替她高兴。谁知道还是这么个结局。"

吴三多倒不觉得有多意外。沧海桑田,什么事不可能发生?他们自己不也都变了吗?

"那天,取药划价,她就在我前边,我听见她跟划价的人说,要人家给去掉两种药,说带的钱不够。人家说,那得去找开方子的大夫,他没有权利改药方。我听她说话的声音,还有口音,觉得好耳熟。等她转过脸,可不就是她嘛!"李大鼻子说,"不年轻了!变了!可我一眼还是认出来了。"

吴三多暗自思忖,要是换作自己,能认出她吗?他不确定。

那天,李大鼻子没顾上取药,追了上去,叫了一声:"芸姐!是芸姐吧?"她惊讶地回头,盯着他看了半晌,说:"是你呀,李同志?"他叫她旧名字,她则唤他新称呼,两个时代就这样相遇了。

他没顾上多寒暄,先说道:"不用去找医生改药方，我带着钱呢，先给你垫上。"

她正色回答："那可使不得李同志，没这个道理。"

他顿时知道，自己唐突了。

"对不住，我冒失了。"他说，"不过，来一趟医院，看医生，排这么长队，不容易。再说，医生开药，都是对治病有用的，哪能随便改方子？又不是在自由市场买菜？"

她微微一笑，说："我这是老毛病，我心里有数。谢谢你了李同志。你今天就是给我垫了钱，我一时三刻，也还不了你。如今是新社会，我挣多少，花多少，心里敞亮。"说完，她转身上楼去找医生了。

李大鼻子怔在了那里。

他取了自己的药，却不走。等她。

她来了，看见他，愣了一愣。他不等她说话，抢先一步，开了口。

"对不住芸姐，我不想让你误会我。"他说，"我没有一点别的意思，就是看见一个久别的老朋友，心里高兴。我得说清楚这个，不然，我自己过不去。你取药吧，我走了。"说完，他点点头，转身离去。

"李同志——"她喊住了他。

他回头。看见了芸姐抱歉的微笑。

"我现在叫萧云。"她说，"萧何的萧，云彩的云。"

李大鼻子笑了："我现在拉排子车，你可以叫我李师傅。"

他们就这样遇见了。

"三多啊,"李大鼻子那天喝得有点微醺之后,感慨地说道,"芸姐现在,就是一个标准的中年家庭妇女,靠接一些街道上外贸单的绣活,还有给人做衣服讨生活。你要看见她,怕是认不出来了。"

"你能认出来,我也能。"吴三多说。

"她不是嫁人了吗?她男人呢?"吴三多又一次追问。

"说是死了好多年了。急症。那时候还没解放呢,男人一死,家里就把她撵出来了。从那时候,她就给人绣花,做衣服了。"李大鼻子回答。

红颜薄命啊。吴三多在心里感叹。

这个秋天,某一日,芸姐来找吴三多修鞋。她说:"吴师傅,还认识吗?"

她站在秋阳下,朝他微笑。藏蓝色的中式对襟褂子,黑布鞋,齐颈的剪发,用两只卡子别在耳后。真是一个地道的新社会家庭主妇的打扮。吴三多微笑了,说:"芸姐,你来了?"

他在围裙上擦擦手,把马扎推过去,说:"你坐。"

芸姐坐了,一边说:"是李师傅给了我这个地址。"

"哦,李大鼻子。"吴三多说。

芸姐笑了。说:"对。"

"你住哪里?怎么过来的?"吴三多问。

"我坐了公共汽车。"芸姐说。

他们都淡淡的。云淡风轻。头上是碧蓝的晴空，秋阳温暖地照在他们身上。这一刻，时间是善良的。世界也是。

"听李大鼻子说，前段时间，你生病了？"吴三多问，一边有条不紊干着手里的活。

"一点小毛病。"她回答，"不碍事。"她笑笑："这些年，还真得谢谢这身板，没有大灾大病，还都扛下来了。"

"那就好，有啥也别有病。"

"是啊。"她说，"我男人，啥都好，就是身子不好。早早走了。"

"他走了多久了？"

"今年就十二年了。"

吴三多在心里算了一算，他们做夫妻的时间，真是没有几年。

"难为你了。"他说。

"我现在挺好。"她回答，"两只手挣饭吃，很踏实，心安，也清净，自由自在。"

"那就好。"

"我来，就是怕李师傅在你们面前，把我说得多可怜。"她说。

他怔了一下。

"芸姐，我们现在，我和李大鼻子，还有常老三，你看我们现在，配去可怜谁呀？"吴三多说，"老朋友之间，有时候，互相怜惜一下是有的，彼此借个火，凑在一起，抽支烟，也是点暖意。"

他说得很淡然，很诚恳。她一字一字，都听进去了。

"吴师傅，是我多心了。"她慢慢说，"哪天闲了，大家一起，去我那里吃杯茶吧。"

"好。"吴三多爽快回答。

他们三人，就这样，在自己的城市，和芸姐遇见了。从此，生活中多了一点牵念。也并没有多么密切热络的来往，毕竟时代不同，又都已经到了这个年纪，各自有家有口，芸姐一个独身女人，又有那样的从前，是需要避嫌的，不能给她招来流言蜚语。三人都知道这个。他们只是在需要的时候，才会出现。比如，每年雨季到来前，常师傅会过来，登梯子上房，帮她修缮屋顶，该抹灰的抹灰，该换瓦的换瓦，让年久失修的老屋能平安度过雨季。顺便，把邻居家的也一并修缮了。到晾晒梅干菜的时节，李大鼻子会用平板车，拉满满一板车雪里蕻过来，供芸姐制作梅干菜。芸姐的梅干菜，洗得干净，晒得透彻，盐揉得细致，在坛子里腌制的时间也恰到好处，几晒几蒸后，色泽黑亮，香味浓郁绵长。一个院子里都是梅干菜诱人的香气。芸姐留下自己吃的，然后东邻西舍的，分给邻居们。也让李大鼻子，给常师傅吴三多各家捎去一些尝鲜。而吴三多，几乎不登芸姐的家门，但是芸姐家的修修补补，鞋啦、雨伞啦、包箱上的拉链啦、打破的碗啦盆啦等等，吴三多师傅全部包圆儿，一文不取。

遇到大事、难事，他们都会伸手。三年困难时期，人吃不饱饭，也顾不上做新衣，外贸单的绣活也少了不少，芸姐的收入锐减。没钱买高价食品，她得了浮肿病。这三个兄弟，日子也都过得艰难，可月月，你三块，我两块地，凑齐了，交给李大鼻子或是常师傅，让他们带给芸姐去救急。钱不算多，却是救命的支撑。芸姐一笔笔，都记在了一个小本子上。三年过后，日子慢慢好过起来，芸姐第一次，把这三个老弟弟请到了家里，亲手做了一桌菜，备了好酒。芸姐给他们满酒，布菜，说：

"都在酒菜里了。"

那是几十年后，他们又和芸姐同桌对饮。芸姐倾其所有，置办了这一桌佳肴。正是吃大闸蟹的季节，她蒸了一大盆团脐的阳澄湖蟹，用冰糖黄酒烧了蹄髈，做了白汤的狮子头，再加上几只蔬菜和冷盘，红红绿绿的一大桌，让他们几个有些晃神，有一种时光倒流之感。

李大鼻子举起酒杯一饮而尽，说了一声："姐呀——"

忽然红了眼圈。

时间的大风，呼呼呼呼地，吹得他们不知身在何处。

"你看你，还没喝呢，就醉了。"吴三多强笑着这么说。

那一顿饭，温暖，也感伤。四个人都喝到微醺，却没有酩酊大醉。他们三人，都换了干净的衣裳来赴宴，头一天，还在剃头挑子上推了头发修了门面，清清爽爽，乍一看，还真有一点当年的影子。筱芸仙一阵激荡，想，我何德何能，苍天待我不薄啊。

随后的几年里，她一点一点，陆陆续续，还清了他们当年周济她的钱。他们知道她的脾气，没有推辞。

不幸的是，常师傅一语成谶。

她真的得了恶瘤。

膀胱癌。晚期。且转移到了肾脏。

手术已经没有意义。只能做放化疗。一个疗程没有做完，芸姐就说，不治了。

芸姐没有工作单位，没有公费医疗，也没有劳保。她住院，治病，动的是她这几年省吃俭用存下的养老钱，还有就是，那三个老友的资助。

为了给芸姐治病，吴三多、李大鼻子、常老三，他们三个都想尽了办法。李大鼻子这些年瞒着老婆，偷偷为自己存了一点私房酒钱，这一次，一股脑儿全拿了出来。常老三是借了工友们的钱，背了债务。而吴三多，则是到寄卖店里，变卖了一只瑞士金表，那是他最后一点值钱的东西，最后的家底，变卖的钱一分不剩，都拿去交了医药费。

芸姐不治了。

半程多的化疗，许是用药的剂量太大，芸姐大把大把脱发，稀薄的头发已经盖不住头皮，人瘦得形销骨立。她索性剃光了头发，笑着对吴三多他们说："看，我一个风月场中人，临走，却成了一个尼姑，好笑不好笑？"

他们笑不出来。

"芸姐，咱得把疗程做完呀。治病不能治一半呀。"李大鼻子说。

"咱们就不要骗自己了，"芸姐又是微微一笑，"治不好的绝症，又遭罪又花钱，何苦？我心里清楚，我没有几天了，不想再遭罪了。"

他们哑口无言，知道她说得再对不过，无力反驳。

"还有，我想死在家里，死在自己的床上。那样我可能就不那么害怕。"她有些羞涩地这么说。这让她衰老的、被病痛折磨得变形的脸上忽然闪过一点少女的神情。那是他们从没见过的，那应该是她还没被赌棍父亲卖掉，在遥远的家乡，豆蔻年华时的纯洁模样。

"姐——"李大鼻子喊了一声，声音喑哑了。

她看着他们，一个一个看过去：吴三多，常师傅，李大鼻子，多么奇妙呀，这些花船上结识的弟弟。她鼻子一酸，几乎堕泪。

"治病的钱，还剩一些，正好留着办丧事。那也都是你们的钱。"她笑了笑。"这一次，我是真没办法还你们了,只能留到下辈子了……"她说。

十几天后,她走了。弥留之际,她对他们说的最后一句话是:

"大恩不言谢。"

老吴说,爷爷带着他,去墓地看过苏州奶奶。那时她已经故去好些年,爷爷也已是耄耋之人。他看到墓碑上写的是:

先姊　弱水萧云之墓
弟吴李常哀立

他问爷爷,为什么是"弱水萧云"?爷爷说,古时候,黑龙江也被叫作"弱水"。弱水,是她的故乡。

蓬莱不可到,弱水三万里。爷爷说,这是苏轼的诗句。

老吴说,那一辈人,骨子里是真风流。

第二个故事
漂泊者

讲这个故事的，是个八〇后。她说这是她朋友的故事。

朋友是个自由撰稿人，没有单位，靠写剧本为生。毕业于中央戏剧学院，热爱自由，最想写的是舞台剧，可真正写的，大多都是电视剧集。

她要养家，所以，喜欢不喜欢的活儿，都接。

家里人口并不多，只有两口人：她和她的男朋友。男朋友没有工作，年龄比她小八岁。

她总是这样说："我们两人，中间隔了一个抗日战争。"

男友叫万卡，是个美男子。没有念过大学，高中时候就组乐队，玩音乐，耍酷，拒绝念大学。他是单亲家庭，没有父亲，母亲管不了他，也就随他去了。好在，他还有个弟弟，弟弟比他小四岁，是个听话、省心、懂事的孩子，学习又好。他对弟弟说："你负责光宗耀祖吧。"弟弟问他："那你呢？"他说："我负责人生。"

他并没有成为一个真正的音乐人。他们乐队的几个小伙伴，曾信誓旦旦，说，"愤怒"永远在一起，永远不散伙。"愤怒"是他们乐队的名字。但是,一毕业,就各奔东西,星散了。只剩下一个他,留在了原地。

他颓丧了一段日子后,不再迷恋音乐。他发现自己并没有天赋。而且,他对音乐的爱,也没有强烈到可以让他不计代价不问结果甘愿付出一生的程度。

他在家无所事事晃荡了一大段日子后,去酒吧打工,喜欢上了调酒。母亲出钱,送他去上调酒师培训学校。他是聪明的,也有悟性,学得很快,考下了调酒师资格证。他母亲很欣慰,觉得这孩子总算有了一个谋生技能。于是出资,盘下了一个门店,给他开了间酒吧。位置不错,不算太热闹,但也绝不冷清偏僻。设计、装修、备货,一切就绪后,母亲对他说:

"妈妈帮你,也只能帮到这一步了,以后就看你的了。"

他给酒吧起了一个名字,叫作"黑俄",就是"黑俄罗斯"的简称,那是一款常见的鸡尾酒的名字。

忘了说,万卡是一个混血儿。他的父亲是俄罗斯人。

可他对父亲,几乎没有记忆。

万卡的母亲刘小莲,是地道的北京大妞。人长得漂亮,性格爽朗,大学毕业后,那时还包分配,她被分在了一个不错的机关。但是在机关坐办公室,日复一日,让她对生活厌倦。她想,这不是她想要的人生。

她渴望远方。渴望一种激情。

小莲家兄弟姐妹三人，她行二。上面一个姐姐，下面一个弟弟，她爸宠姐姐，她妈惯弟弟，从小，她属于那种被忽视的孩子。也因此，她习惯了独立。用她妈的话说，就是："那孩子主意太大。"于是，有一天，她回到家里，对父母宣布，她辞职了。

一个晴天霹雳，砸在全家人头上，砸得她父母半天合不上嘴。半晌，她妈醒过神来，说："你疯了？那么好的单位，你疯了？"

她爸则气急败坏地问道："辞职了，你想干什么？"

"下海啊，"她气定神闲地回答，"还能干啥？"

那时，大批大批的人，涌向俄罗斯，去那里淘金。有各种传说，比如，某人仅仅靠一大蛇皮袋风油精，就轻而易举挣到了自己的第一桶金。要么就是某人往来于莫斯科和秀水街之间，没几天挣得盆满钵满。总之都是一夜暴富的神话。刘小莲倒不至于这么幼稚，她并不多么企盼发财，也不那么爱钱。可是她爱远走天涯。

所以，她去了那个遥远的地方。那个从小，在歌里吟唱过无数遍的地方。莫斯科河流经那里，注入奥卡河。奥卡河是伏尔加河最大的支流。而伏尔加河，在刘小莲心里，就是《三套车》《伏尔加船夫曲》，还有伟大的列宾的名画《伏尔加河上的纤夫》：悲怆、苍凉、诗意。

她在那里经历了什么，没人知道。她从来缄口不提。五年后，她第一次回国，带回来一个两岁的幼儿，她对父母说：

"这是万卡。"

一眼看过去，就知道那幼崽是一个欧亚混血，雪白的皮肤，亚麻色的头发和眼睛，可爱得就像一个小天使。尽管父母对这个女儿的乖张和出格有心理准备，但面对一个活生生的事实，还是手足无措。

"万卡是谁？"母亲有失水准地这么问。

"我儿子。"她回答。

她带回来一个儿子，可儿子的父亲她只字不提。那男人是谁？他们是否结婚？是离异还是故去？统统不知道。母亲想方设法探问，最终，她只回答一句："我们分开了。"

等于没说。

也许，她回国的初心，是想把万卡托付给父母照看几年。可是她看了父母的态度，毅然放弃了。她带着万卡去了河东一个县城，那里有她一个姨妈。从小，刘小莲就和这个姨妈很亲。小学时，每年暑假，她几乎都是在姨妈家度过的。姨妈没有女孩，只有两个儿子，待小莲就像亲生女儿一般。尽管她去国后，和姨妈断了音信，可是她从天而降一般突然出现在姨妈面前时，姨妈的惊喜、狂喜，让她流泪了。她抱住了姨妈，她们都哭了。

"姨妈，这是我儿子，万卡。"她把万卡推到了姨妈面前。

"我的个娘哎!"姨妈惊呼,"多稀罕人啊!"

姨妈无条件地,毫不设防地,一眼就爱上了这个小家伙。

姨妈是个退休的护士,姨父几年前车祸去世,两个表哥,一个在外省,一个在不远的运城,都已成家。大表哥结婚数年,一直没有孩子。而运城的二表哥,只有一个独生儿子,小时候也是跟着奶奶长大,但是如今上了小学,自然回到了父母身边,只有节假日才能回来看看奶奶。而万卡的到来,对怅然若失的姨妈而言,几乎就是拯救了。

姨妈对小莲说:"莲啊,你就交给我,放心吧。"

小莲回答:"我放心。"

或许,小莲对姨妈,和盘托出了一切,关于自己这几年的闯荡,关于爱情,关于伤痛,关于万卡的父亲,等等。但是姨妈和她一样,守口如瓶。沉默真是金啊。万卡的身世来历,始终是个谜。

小莲走了。尽管一步三回头,可还是一去不返。她给姨妈留了一笔钱,每年,也会按时汇钱给姨妈,供姨妈和万卡衣食无忧地过日子。河东那个小城,生活成本不高,她寄来的钱,花不了,姨妈就用万卡的名字,在银行存了定期。小莲知道了,就说:"姨,那钱,不光是万卡的生活费,也是给您的。您别给万卡存着,要花在您身上,我才开心。"

那时越洋的电话贵,很贵。姨妈舍不得多说,胡乱答应着,说:"好好好,我知道了,挂了吧。"

小莲不挂,说:"姨,我现在,没有别的,就剩下钱了,您花我的钱,我有成就感。"

姨妈沉默了,涌上来一阵心酸。半晌,她说:"莲,你胡说啥?你有万卡,还有好年华,咋就啥也没有了?"

她在电话那边笑了,说:"逗你玩儿呢姨。"

挂了电话,姨妈把万卡搂在怀里,说:"我娃呀,你长大了,要知道心疼你妈妈……"

万卡开口说话很晚。两岁之前,他几乎什么都不会说,就像一个小哑巴。小莲曾经在莫斯科带他看过医生,医生认真检查一番后,结论是,没有任何问题。至于他为什么不说话,医生分析说,双语语境中的孩子,可能会因为困惑,导致他不知道怎么开口。果然,回到国内,来到小城半年左右,某一日,万卡突然就开了口,他对姨婆说:

"我妈呢?我妈去哪儿了?她不要我了?"

姨婆当下惊得目瞪口呆,接着就哈哈哈哈大笑,说:"阿弥陀佛!菩萨保佑!我娃会说话了,我娃不是哑巴——"一边笑,一边就流下了眼泪。

"我娃呀,你妈咋能不要你,你妈是给咱挣钱去了,你妈要养活你呀!"

激动的姨婆，完全没有意识到，万卡不开口则已，一开口，竟是一口地道的河东方言。

随了姨婆。随了这片土地。

说来，这个小城，可不是等闲之地。它紧邻黄河，两千多年前，这里的人们，就会边劳作边吟唱："坎坎伐檀兮，置之河之干兮，河水清且涟漪……"出城，几十公里远，就是黄河上著名的古渡口风陵渡。它的历史，可以追溯到一百八十万年之前，在它附近，一个叫西侯度的村庄，我们的古人类先民，在那里，点燃了人类的第一堆火。他们是怎么发现火种的？是钻木取火吗？还是别的什么机缘？不知道。一百八十万年前，围猎归来的先民，就会用火来烧烤猎物。大量野兽烧骨的发掘，为世界提供了人类最早使用火的证据。

还有传说呢，相传，女娲娘娘就是在这里抟土造人、炼石补天。娘娘姓"风"，她的陵墓也在此处，风陵渡由此而得名。此外，尧在这里让过贤，舜王在这里耕过田，大禹在这里治过水……样样让人惊叹。这神奇厚重古老的土地，毫不见外地，给这亚麻色头发、棕色眼睛的孩子，打上了自己的印记。

这孩子一开口，就是河东的孩子。

万卡三岁那年，小莲结婚了。她的新婚丈夫也是从国内来闯荡的生意人。小莲和他也算一见钟情，闪电般结婚，第二年，万卡就有了一个弟弟。弟弟刚刚两岁，丈夫劈腿，有了外遇。小莲果决地离婚，带着小儿子，终结了俄罗斯的生意，离开了莫斯科那个悲情城市，回到了她的北京。

其时，万卡已经六岁多了，该上小学了。小莲在北京安顿下来后，从小城接回了万卡。

本来，小莲想把姨妈也一起接来，那是一个最完美的设想。但是，天不遂人愿：那个在外省生活、多年没有孩子的大表哥，一年前，竟然有了一个女儿。他欢天喜地，要让母亲过去，帮他们带这个孙女，但是因为万卡，母亲哪里能够过去？儿媳为此颇有怨言。万卡这一走，她也就要去外省看孙女了。

小莲自然不能勉强。

和姨婆分别，万卡撕心裂肺。他就像被连根拔起一样难过。姨婆送他们去火车站，那时还没有高铁，坐的是直快列车。在月台上，万卡抱着姨婆不松手，号啕大哭。一边喊着："婆，婆！我不走，我不走——"姨婆也泣不成声，说道："我娃呀，我娃呀，听你妈话——"万卡说道："她不是我妈，不是我妈——"小莲手足无措。车就要开了，她只好强行把万卡抱起来，从姨婆身上，生拉硬扯拽下来，万卡一口咬住了他妈的手腕，恶狠狠像只小兽。

那是小莲最后一次看到万卡号啕大哭。

回到北京的家里，万卡出奇冷漠。异父的弟弟，对这个长相不一般的哥哥充满好奇，他理也不理。带弟弟的保姆和他说话，他同样不理不睬。他不哭不闹，听天由命。转眼到了九月，妈送他去学校。学校是国际学校，双语教学，大多课程都是英语授课。他听不懂，也不听。老师同学，他谁也不理。偶尔，他开口说话，他的河东方言，别人听来，也是一头雾水，也免不了被一些孩子嘲笑。头一个月，他什么都没有学会。小莲一看不是办法，给他从家政公司请来一个住家家教，做过小学教师，入了家政这行，是个独身女性，每天负责接送万卡上学放学，辅导他的各门功课，教他说英语和普通话，照顾他在家的生活起居，以及和学校方面所有的沟通事宜。总之，小莲把万卡一手移交给了人家。

小莲有点怵这个孩子。

四年多的阻隔，陌生感，儿子对她的冷漠和拒绝，那种一口下去恶狠狠小兽的神情，让她隐隐害怕。

这是谁？夜深人静，她偶尔会来到儿子床边，默默凝视这个熟睡的孩子。那么美。他是谁？她会这样问自己。又像问苍穹。

有两次，她看到了儿子长睫毛下的泪痕。她知道儿子不快乐。可她无能为力。有些东西，有些事物，失去就是失去了，不能挽回。儿子，这就是人生。她在心里这样说。

她知道儿子和她不亲。她不强求。

何况，她很忙。她要忙一家人的生计。早出晚归。三天两头出差，飞这里那里。没有时间和精力多愁善感。

家里两个儿子，小的，交给了保姆，大的，就交给家教了。

家庭教师是个温柔善良的姑娘。起初，万卡对她，就像对母亲和弟弟一样冷漠，甚至更冷。他当她空气一样透明。她辅导他功课，和他说英语，教他说普通话，他拒不开口，坚不可摧如同落入敌手的地下党，铁棍也撬不开他的嘴巴。他不允许她碰他的东西，经常把她锁在自己的房间外面，任她怎么敲门都是徒劳，他当自己没听见。久而久之，他变得有点喜欢这种对峙的感觉：她是世界，是让他愤怒、讨厌、失望却又无可奈何的一切。他可以把世界关在门外。

有一天，也是这样。她接他放学回来，让他洗手，换好家居的衣服，自己去厨房给他榨果汁。等她端着果汁和一小块三明治上来，门又锁上了。

她没有敲门。

他躺在床上，等着。门外，无声无息。再等，还是没有动静。十分钟，二十分钟，他不知道过去了多久，渐渐地觉得眼皮发涩，睡着了。

醒来，房间里一片黑暗。

他开灯。光明涌进来。他有些迷糊，想，怎么回事？终于想起发生了什么。原来她竟然一直没有敲门。

可是他肚子饿了。

不知道几点了。

他跳下床，开门，出去。忽然愣了一愣。他看见，她静静坐在走廊上，靠着墙壁，地板上放着一个托盘，上面是一杯已经变了颜色的果汁和他爱吃的三明治。

她脸上有泪痕。

他站住了。

她静静看他。

"你们有钱人，这么欺负人，好玩吗？"她安静地问。像对一个大人说话。

他听懂了，可是不知道该怎么回答。

"好玩是不是？"她再问。

他摇摇头。这是第一次，他回应她。

眼泪涌出她的眼睛。她哭了。

"我没有钱。"他忽然开了口，"我不是有钱人。"

"说普通话！"她厉声呵斥。

他愣了一下。突然爆发了：

"你才欺负人！是你们欺负人！我不说！不说！不说——"

她含着眼泪，惊喜地笑了：

"可你已经说了。"

情急之中，他不知不觉说了那个该死的"普通话"。原来，她的陪伴、她的辅导、她的心血，并非虚

277

掷，是润物细无声的呀。她跳起来，一把搂住了他，说："谢谢你，谢谢你，谢谢你万卡——"

他流泪了。眼泪滚滚而出。他说："我不喜欢这里，我想我姨婆……"

"我知道，我知道，我知道，"她说，"万卡，你可以在我面前，说你喜欢说的老家话，在学校，你说普通话，行吗？"

"我讨厌学校。"

"万卡，人啊，有太多不喜欢可必须做的事。没有办法。"她回答。

万卡并不真的明白她在说什么。可万卡喜欢这样的对话。

他抬起头。看着她脸上还没有拭去的眼泪，问道："你也不喜欢在这里教我，是不是？"

"是，"她回答，"但现在不是了。"

几个月之后，万卡进步神速。

刘小莲很高兴。说："黄老师，小黄，你真厉害！"

小黄摇摇头，回答说："是万卡了不起。"

这是她的真心话。

"万卡聪明，"刘小莲说，"这我知道。"

"可是他不快乐。"小黄说，"他是个忧伤的小孩儿。"

刘小莲沉默了。过一会儿，她说道："那是他的天性，俄罗斯就是一个忧伤的民族。"

一年之后，小黄离开了万卡。她和她的未婚夫一起去了海南。

万卡很伤心。他喜欢的，最终都会离他而去。

他不敢再喜欢什么。

长大了，慢慢发现，也没有什么东西能让他永恒地喜欢。

认识茉莉，是在他自己的酒吧里。他的酒吧，白天卖咖啡。茉莉常常光顾。来了，点一杯拿铁，就坐在角落里，打开电脑，写东西。

后来知道，她是在写剧本。

有一个夜晚，下着雨，她来了。头发湿漉漉的，没带雨具。那天生意冷清，没几个客人。她进来就坐在了吧台旁，说："给我一杯酒。"

万卡问："什么酒？"

"烈一点儿的。"她回答。

显然，她不懂酒。还显然，她是遇到了事情。万卡想想，给她调制了一杯"新加坡司令"。不算烈，口感清爽，给人某种抚慰。她尝了一口，说："不烈呀。"

"有后劲。"他回答。

她灌了自己两口。放下杯子，冲他笑笑，说："弟弟，知道不？我很伤心。"

"看出来了。"他说。

"想知道原因吗?"她问。

"不想。"他摇摇头。

"可我想说。"她回答,"听不听在你,说不说是我的自由。"

他当然不好干涉她的自由。

"我的剧本,让他们毙了。"她说。

原来不是失恋。他想。松一口气。他讨厌失恋的故事。太千篇一律。一个姑娘不为失恋而伤心,有点新鲜。

"你是,作家?"

"谈不上,目前还只能算是写手。"她说,"不过我的目标是成为一个剧作家。"

"远吗?"他问。

"什么意思?"她反问。

"你离你的目标?"

她笑了。"远啊。"她说,"也许永远都到不了。"

"那是幻觉。"他想了想,说,"不是目标。"

她注意地看了看他:"弟弟啊,你这么小,怎么如此虚无?"

"不行吗?"他问。

"我好奇。"她回答,"你不应该啊。"

"我怎么就不应该?"

"你好看啊。"她笑了,"像你这么好看的人,自我感觉一般都太好，不容易虚无、自卑。"

"所以呀，我一点都不虚无啊，是你自说自话。"

他很少和客人搭讪。他不热情。当然也不是故意冷落谁，可他从来不准备放低身段热情待客，他觉得那是谄媚。他相信作为调酒师的自己，有足够的实力和魅力。他也没准备凭着这小小一间酒吧发财：能给他挣来一日三餐的银子，他就足矣。可是那一晚，他不知不觉就和这个不懂酒的女孩儿说了太多的话。

他自己也奇怪。

是她和自己太不一样吗？活得那么兴致勃勃，积极，有目标，而且是一个高尚的目标。还是因为，她让他想起了一个人，一个遥远记忆中的人？

他不知道。

"你有点像我的老师。"他冷不丁这么说。

"你说我说教？"她问。

"不是。"他摇摇头，"长得像。"

其实，小黄老师长什么样子，他已经记不大清晰了。可他就是觉得她们相像。也许不是相貌，而是，气息。他说不清楚。

觉得亲切。

"是你什么时候的老师？教什么的？"

"小学的。"他回答。至于教什么的，他不想说。她教他怎么活着。这话，对一个陌生人，说不出口。

"你住得离这里不远吧?"他岔开了话题。

"并不近。"她回答。酒使她脸变得酡红:"地铁要好几站。"

"那你还天天来?"

她笑了:"喜欢这里呀!这里有美少年,不行吗?"

他们就这样认识了。

她叫茉莉。他喜欢这个名字。

万卡的酒吧,除了老板自己,只有一个固定的服务员。晚上酒吧营业时,有一两个不固定的打工者。白天,茉莉在这里安静地写作;晚上,就成了一个得力的帮手。茉莉勤快,天生待人热情,在这里久了,渐渐知道了一些鸡尾酒的门道,再加上以她写作者的职业敏锐,很会识人,所以,她给客人推荐的酒品,十有八九,是恰如其分的。渐渐地,酒吧有了更多的回头客,生意一天比一天热闹兴隆。但是万卡变得日益沉默。

"你怎么了?"茉莉在某个打烊后的晚上,这样问他。

"这不是我要的生活。"他说,"太热闹了。"

"热闹得就像一个茶馆。"他又说。

"酒吧不热闹吗?"茉莉反问。

"热闹。"他回答,"所以我后悔了。"

"你想要什么样的生活呢?"茉莉问。

"不知道,"他回答,"想不出来。"

"那你一个人好好想想。"茉莉这么说。

一连许多天，茉莉没有出现在"黑俄"，也没有电话联络他。等她半个多月又去那里的时候，只见门锁着，上面挂着一个牌子，写的是："转让"。联系电话，却不是万卡的，而是"链家"的某位先生。

她给他打电话，得到的回答是，您所拨打的电话不在服务区。

茉莉笑了笑，想，关我何事？

生活一如往常。开剧本会，讨论，写剧本，再开会，讨论，修改，再修改。终于把一个好好的剧本改成四不像。循环往复，没有尽头。

夜深人静，忽然涌上来悲哀。"你离你的目标远吗？"她听到他问。远，越来越远……可是，有几个人能够不这样生活呢？

有几个人能够像你一样呢？她在心里问。

你在哪？

忽然很想他。像想念一个……恋人。

她吓一大跳。怎么可能？她怎么可能喜欢上一个比她小八岁，且这么不靠谱、这么随心所欲、没有责任感、一事无成的大男孩儿？

可是，就是喜欢了。早就喜欢上了。所以，才要每天坐地铁，来他的酒吧打卡。

羞于承认就是了。羞于承认像一个十八岁女孩儿一样暗恋上了美少年。

第二天，傍晚，她不知不觉来到了"黑俄"。门依然锁着，可是"转让"的牌子不见了。是卖出去了吗？还是转租了出去？她心里一阵怅然。很快，这里，就会连一点痕迹都不留了，一小段快乐日子的痕迹。就像轻薄的蝉蜕，一阵风吹来，就吹得不知所终了。

半年多后，冬天，一个雪后的夜晚，她又不知不觉来到了这个老地方。是想看看，它变成了什么模样吗？她不知道。她踩着街上没有融化的积雪，咯吱咯吱，拐进了巷子里。"黑俄"离巷口不远，对面有一盏路灯。路灯下，站了一个人。她走近前来，还差几米远的时候，站住了。

他们都看见了彼此。

他身穿厚厚的羽绒服，身背一个大大的双肩包，脚边，是一个旅行箱。他双手插在衣兜里，望着她，不说话。终于，她走过去，抓住了他的旅行箱拉杆，说："回家吧。"

茉莉自己，有一处单独的住房。是他们家的旧房子，早先是母亲单位的职工宿舍，后来房改，作为福利房卖给了职工。再后来，家里买了新的商品房，这套就留给了茉莉。老房子的格局，小两居，没有客厅。卫生间里原先没有洗浴设施，后来重新装修，有了一个小小的淋浴房。厨房倒是不小，装修时也置备齐全了一应设施，可是没用，因为茉莉从来也不自己开伙。早几年，外卖还不那么方便发达时，要么回母亲家里吃，要么在外面吃。后来有了外卖平台，叫外卖就成了她的日常。

现在，她买了一张小餐桌，摆在了厨房中央。

当然，还是叫外卖的时候多。但是，吃法不同。送来的外卖，茉莉要装到自家的碗盘里。她买了好多漂亮的餐具、杯具，日式的、中式的、西式的，换着用。这些漂亮的餐具，装着外卖的食物，一样一样，摆在餐桌上，就有了仪式感。

偶尔，也会下厨，油泼个辣椒，用来夹热馒头吃。或是包个胡萝卜羊肉水饺之类，都是河东大地的味道，故去的姨婆的味道。茉莉也曾试着做过"莫斯科红菜汤"一类的菜肴，可是万卡并不那么喜欢。他更喜欢普通的西红柿蛋花汤。

"那是你家乡的味道啊，你不怀念吗？"茉莉问道。

"大姐，我两岁就离开那里了好不好？"万卡回答。

茉莉笑笑。也是。

"万卡，有些东西，是深埋在你基因里的，你自己可能不知道。"茉莉忽然说。

"红菜汤？"

她摇摇头。

他越来越让她想起"多余人"这个词。这个独属于俄罗斯文学的词。叶甫盖尼·奥涅金、罗亭、奥勃洛莫夫等等。他们生来不属于自己生活的那个时代，或者，更确切地，他们其实不属于任何时代，他们不属于现实人生。

那是一段幸福的日子。他俩宅在家里。她写剧本，接各种烂活儿，还试图把这些烂活儿修饰得不那么烂。他则是打游戏。她对游戏一无所知，可据说他是个很厉害的玩家。有时，他心血来潮，会给她陷入困境的剧本出出主意，有几次甚至亲自操刀写过几集，居然还很说得过去。这让茉莉兴奋，说："万卡，我们合作吧？"万卡想想，回答说："没劲。"

"那干什么有劲呢？"茉莉问。她是真的想知道。

万卡笑了："比如说，你干什么都有劲。"

"你这是夸我，还是在嘲讽我活得没头脑？"她问。

万卡变得严肃，他说："一个人永远生机勃勃，是上天给她的礼物。"

"那这礼物，可以与人分享吗？"茉莉问，"或者说，馈赠给谁一半？"

万卡望着她殷切的眼睛，摇摇头。"姐，不能。"他说。

茉莉不易觉察地叹口气，笑了。

他不爱出门。不爱和茉莉一起逛街，更不喜欢出去应酬吃饭。但他偶尔会和她一起去看小剧场话剧。蜂巢剧场、国话小剧场、鼓楼西剧场，是他们常去的地方。就连更远的中间剧场，他们也去过不止一次。有一次，看完《枕头人》，他们从鼓楼西剧场出来，茉莉始终沉默不语。他们俩，谁也没有叫车，慢慢沿着马路往前走。他忽然拉住了她的手，温柔地握住了它。她有些意外，扭头看他。他说：

"姐，会的。"

"会什么？"她问。

"有一天，咱俩会在这里看你的剧上演。"他回答，"比这个戏还要好的戏。"

她笑了。笑着笑着，眼里慢慢溢满泪水。

"为什么不能是在国家大剧院呢？"她问。眼泪静悄悄流下来。

"好啊，那就在国家大剧院。"他说。

"万卡，"她叫了他一声，"十年后，要是我的剧，被邀请参加阿维尼翁戏剧节，你会和我一起去吗？"

透过眼泪，街灯变得迷离，有一种梦幻感。梦里什么事情不可能发生呢？万卡笑了，说："当然会。"

她的手，握在他的手里。那不是一双粗糙有力的安全的大手。可她不在乎。阿维尼翁是梦，连鼓楼西剧场都是梦。她太知道这个。可有什么关系呢，此刻，他们一起并肩走在她的梦境里。就算她的生命被那些为了生存不得不做的苟且，被那些她羞于与人言说的烂剧本消耗成枯木，她也仍然可以有这样一个夜晚，和她亲爱的人，和她美如仙草的情人，一起走向一个如此绚烂迷人的许诺。

这天晚上，回到家里，万卡用家中仅有的几款酒：杜松子、薄荷酒、干白葡萄酒和一种粉红色起泡酒，调制出了两杯鸡尾酒。这是自从"黑俄"关张后，他第一次重操旧业。没有摇酒器皿，就凭着手感和一柄长勺勺柄，在晶莹的水晶酒杯里，缓缓兑制出了彩虹的艳丽：琥珀般澄澈的金黄、薄荷的绿、初绽桃花似的嫩红，还有山溪凛冽清纯的透明，一层一层，藏匿了静谧却宏大的隐秘喜悦。他说：

"尝尝看。"

她接过来，小心翼翼。举起来，迎着灯光，凝视了许久，说："舍不得。"

"留不住的。"他回答。

"是啊。"她说。她怎么会不知道？可她就是想喊："请为我停留。"美、良宵、爱，所有这一切……她笑了，把酒杯举到唇边，轻轻啜饮了一口，闭上眼睛。细密的小气泡盈满口腔，幸福盈满口腔，在舌苔上跳跃，欢腾，追逐。万千滋味。她忽然问：

"它叫什么？它有名字吗？"

万卡先是摇摇头，想了想，回答说：

"你可以叫它——阿维尼翁。"

这是独属于她的一款酒。他给她的礼物。她的特酿，她的阿维尼翁。世界上的唯一。

而再美的气泡，也终将破碎。

一年又一年，他始终无所事事。没有一件事情是值得他去付出的。他找不到这样一件事。茉莉并不逼他，她想让他自己去生活中发现。可是，渐渐地，他染上了酒瘾。他用酒麻醉自己。他用酩酊大醉来忘记自己人生的迷惘、困惑和失败。他的母亲，因为几次错误的投资，导致破产，对这个不争气的儿子早已心灰意冷，也再无力扶助。而茉莉和她的父母，也因为万卡的缘故，吵得天崩地裂。父母逼茉莉离开这个不可救药的酒鬼男人，但是，茉莉不。她一意孤行。

"你还要和他耗多久？你要拿你的一辈子开玩笑吗？"母亲愤怒地质问。

每次和父母吵完架，回到他们的小家，她就像只猎狗一样，满屋搜索，把他藏在意想不到的角落里的酒瓶，搜寻出来，没喝完的酒，倒进马桶，空酒瓶则套上垃圾袋，找来一把铁锤，一锤一锤，狠狠地，砸成碎片。就算是裹着垃圾袋，也仍然有飞溅的碎玻璃，飞到她手上、脸上，划伤她。血滴落下来，殷红的一大滴、一大滴，触目惊心。一直在旁边默默看着的万卡，此刻，冲过来，一把抱住她，说：

"我戒。"

可他戒不了。

三个月,两个月,一个月,短暂的平静和清醒之后,一切,又从头开始。就像一个魔圈,他们走不出去。她不再砸他的酒瓶,她没有了那份力气。终于,有一天,他酒醒之后,发现茉莉倒在地上,人事不省。身旁,扔着一个空二锅头酒瓶。

他叫来了救护车。

醒来时,她发现自己在医院的急诊室里,打着吊针。他守护着她。"我怎么了?"她问。他没有回答,握住了她的一只手,把它紧紧贴在自己脸颊上,眼泪涌出来。"对不起。"他说,"对不起……"

她朦朦胧胧想起了发生过的事情,想起她拿着酒瓶咕嘟咕嘟朝嘴里猛灌的那种绝望。她哭了。

一周后,她去公司开会,开了整整一天。回到家里,发现屋子收拾得异常干净,餐桌上,摆了一瓶鲜花,是她喜欢的金色小雏菊。还有一只细腻如玉的白色骨盘,里面是鲜艳的西红柿炒鸡蛋。盘子下面,压了一张信纸,开头写道:

亲爱的茉莉:

他从来没有这样庄重地称呼过她。这个称呼,让她心惊。她知道,有什么大事发生了。

亲爱的茉莉:

我走了。永不会再回来。我也不会让你找到我。没有我,你才可能拥有阿维尼翁。我知道你没有忘记它,只是,你在心里把它埋了。

谢谢苍天,谢谢众神,给过我和你在一起的美好岁月。

你知道,我只会做一道菜,西红柿炒鸡蛋,还很难吃。我想今天它可能会稍微好吃一点,因为,我用尽了全力。

落款是他的俄罗斯全名,很长,名字、父称、姓氏。

她坐在餐桌旁,坐了一夜。清晨,在朝阳升起的时候,她一口一口,吃掉了那盘凉透的西红柿炒蛋。从此,她再也不碰这道菜肴。

不久,她真的拥有了"阿维尼翁"。那是她在四环路上捡到的一条腿部残疾的小流浪狗。一条中华田园犬。她收养了它,给它起名阿维尼翁,小名尼尼。她的阿维尼翁,是永远受伤的、残疾的了。

当然,生活还在继续。她通过相亲,结婚了。终于过上了正常的生活。

偶尔,失眠的长夜里,她会想,万卡,你在哪里?

对了,忘了说,万卡的姓氏,不同凡响。他的曾祖父,在红色苏维埃时代,是一个家喻户晓叱咤风云的革命家。我们在《列宁在十月》《列宁在一九一八》这一类电影中,常常可以看到他极富特征的形象。他具体是谁?讲故事的人说,朋友没有授权,所以,保密。

最后一个故事

方舟

讲这个故事的,是我自己。

二〇二二年夏天,我们几个人:我、嘉树、宋老师、何大姐、刘师傅,还有米庐,在停业的青山栈里被困了一段时日。

就在大家最困难、最难熬的时候,宋老师说:"夕颜,等这一切过去,我要在青山栈给你和嘉树办一个婚礼。"

我说:"好。"

我又说:"不请别人,不大操大办。我要一个庄严安静的婚礼。就只要我们这几个人在场就好。"

宋老师回答:"那就这样说定了。"

那时,我心里很茫然,就像在说梦话。我不知道这一天要等多久,甚至不知道有没有这一天?而此刻,二〇二三年盛夏,我们真的聚在了这里。原班人马,一个不少。只不过,多了我的房东大姐,多了二燕姐和小苏姐,还有另外两个现任的青山栈服务员。

二燕姐和小苏姐，同刘师傅何大姐一样，都是青山栈的元老。

这个夏天，北方正经历着几十年未遇的酷热，我的城市里，流行一个新名词：热射病。其实用我们日常的话说就是，中暑。所以，山里的凉爽，虽在我们的意料之中，但还是让我感到了欣喜。

嘉树曾经有过一段婚姻，他的前妻曾和他在一个单位供职，也是个画家。但这段婚姻很短命，仅仅两年时间，最终以妻子出轨而夭折。幸而两人没有孩子，也没有财产纠葛，分手还算平静。离婚后，前妻去了北京，嫁给了一个画商，活得风生水起，个人画展开在了世界各地。而嘉树，则从原单位辞职，在省城和山里，相继建立了自己的工作室。作为一个画家，他厌恶那种讨好和"摸脉"的同行，无论是讨市场的好还是名利场中的好，都是他厌弃的。所以，他的画里，有风骨，有文人趣味。我就是在走进他的画室，看到他墙上、地上满坑满谷的一幅幅或巨大深沉或小巧轻灵的画作时，忘记了我们之间的年龄差距，怦然心动。

我看得出他喜欢我。可他有顾忌。

我知道他顾忌什么。

我请我的房东画家大姐帮忙。她姓周，我叫她周姐。我说："周姐，帮我个忙呗。"周姐欣然答应。于是，她在我租住的院子里，置办了酒水。我俩一起动手，做了几个菜，周姐做菜的水准，还真不亚于何大姐。她打电话，请了嘉树还有宋老师，说，想谢谢青山栈对她的照顾。

原来，宋老师说，之前我们谈好的租金，是周姐对我个人的优惠，而青山栈要付租金，这个价位就不合适了。于是他就按当地租房价格的上限给周姐支付了租金和押金。我替周姐想了这个理由，去请陈嘉树和宋老师。

周姐问我："为啥还要请宋老师呢？"

我说："这样干脆利落。反正，他横竖是要去征求宋老师意见的。"

周姐忽然叹口气，说："夕颜，你不觉得，这样一点也不浪漫吗？"

我想想，笑了："周姐，我们就是现实的一代人啊。"

当晚，是个几近满月的夜晚，月色清明如水。周姐把酒桌摆在了月下当院。酒过三巡，我端着酒杯站了起来：

"月亮在上，"我说，"宋老师、周姐姐在座，当着月亮，我有话说，我请你们给我做个见证。"

我举着酒杯面向嘉树，说道："陈嘉树，我喜欢上你了，爱上你了，你说怎么办？"

我以为，陈嘉树会惊慌失措，可是，他没有。

他看着我。许久，他说：

"我比你大很多。"

我说:"我知道。"

"我结过婚,离过婚。"他又说。

"我知道。"我回答。

"你不介意?你不怕?"

"介意,怕。"我说,"可是,我还是想试试,试试看到底怎么个可怕法。陈嘉树,你愿意和我一起冒这个险吗?"我望着他。

他慢慢站起来,长吁一口气,眼睛里有泪光闪烁。他望着我,说:"原来,上天是让我在这里等你,夕颜。"

那年冬天,我俩在省城领了结婚证。

当然,这个证,来之不易。是斗争的结果。阻力自然是来自我的父母家人,以及,一众的亲友。所有的七大姑八大姨都被我妈组成了同盟,最让我无语的,是她竟然还动员了我的前男友林大鹏来做说客。

二○二○年春节过后,形势严峻起来,我和嘉树都在山里。在死亡的面前,其他的一切,忽然都没了分量。

母亲微信我,担心我们的安危,说:"你和嘉树都好吧?"那是她第一次,这样提起嘉树,而不是像往日一样,用"那个骗子""那个东西"来代称。

我盯着那条短短的微信,眼睛湿了。

嘉树说:"让岳父岳母二老来我们这里吧,山里空气好,人又少,比城市安全。就是遇上啥,有个院子,也比待在单元楼房里要好许多。"

他们当然没有来。

我想起《倾城之恋》。忽然觉得悲伤。

三年里，由于种种原因，我没有回过省城一次。

朋友们偶然见一次，备感珍惜。

那天就是这样，傍晚时分，嘉树刚从青山栈那里回来，就接到了米庐的电话，说他到青山栈了。这兄弟俩，已经两年没见了，一听说米庐来了，嘉树狂喜，匆忙过来叫我。平日从村里去青山栈，我俩都是徒步，这天他开了车，可见他心里有多急切。我们赶过去，两人一见面就抱在了一起。米庐说他只能住一个晚上，嘉树就吩咐何大姐，说："快快快，何大姐，整两个好菜，拿手的，让我们哥几个好好喝两盅！"

青山栈空空荡荡。因为没有游客，几个服务员都回家了，只留下了刘师傅何大姐两夫妇留守。平日，他俩住前院，宋老师住后院。没有了游客的客栈，寂寥、冷清，甚至荒凉。尽管刘师傅每天都拾掇院子，拾掇菜园，何大姐经常打扫无人入住的客房，在太阳下晾晒被褥，可那种荒凉之气，仍旧如魂魄一样，在青山栈飘荡，驱之不去。野草在院子里开始横生竖长，侵略着各个角落，今天拔去，明天就又是一片。刘师傅说，人少，人气不旺，野物就来了。

嘉树不放心宋老师，每天，要去青山栈走一圈，陪陪他的老友。有时就留宿在那里。我隔三岔五也会过去，和何大姐一起，晒晒被褥，拔拔野草，站在被阳光照得明晃晃的院子里，发会儿呆。

那一晚，宋老师、米庐、嘉树和我，我们四人，在前院餐厅里，喝光了两瓶青花瓷老白汾。菜也很丰盛。有土鸡蘑菇汤，有红烧肉卤蛋，有地皮菜炒土鸡蛋，有菜园里现摘的茄子、黄瓜、豆角、水萝卜。酒酣耳热之际，竟有种错觉，以为又回到了从前的时光。

当然那只是短暂的错觉。

米庐借着酒意，举杯敬我们，说："嘉树哥，夕颜，啥时候能喝你们的喜酒？"

嘉树还没来得及回答，刘师傅跑进来，说："出事了。"

原来，就是这一晚，我和嘉树租住的那个村子，确诊了一个病例，是个几天前从外边回来的打工者。当晚，村子和青山栈，都不能进不能出了。

我俩回不去了。

米庐也走不了了。

也并没有怎么慌乱和意外。

只是轮到了我们。

来人给我们测了核酸。

宋老师说："空着这么多房间，大家随便住，想住哪间住哪间啊！"

"豪横啊！"米庐说，"不过我不住客房，哥，我就要住你的阁楼，去闹腾你。"

"我也是。"嘉树也说。

"你不行，"宋老师回答，"你是有家室的人了，这种时候，你怎么能不陪夕颜？"

"没事，宋老师，您让他去吧，我没那么小心眼儿，也没那么脆弱。您强留他在我这儿，他也是身在曹营心在汉。"

大家居然也都笑了。

嘉树说："何大姐，清点清点咱们的米面粮油，够吃几天的？"

米庐笑了，说："真是人间清醒嘉树哥。"

何大姐爽声回答："放心，人在青山栈，还怕没吃的？"

嘉树和米庐都去了后院。我挑选了一间大床房。独自进去，开灯，坐下，让自己定定心。我其实平时是有准备的。我准备了两个双肩包，我一个，嘉树一个。包里，有换洗的内衣、一次性内裤、一次性毛巾，以及牙具和水杯之类急需品。当然也储存了一些米面粮油、饼干、方便面、午餐肉火腿肠之类，但是，没有想到，准备的那一切，居然全都没有派上用场。

此刻，只身一人坐在这里，一无所有。

不能说一无所有。毛巾浴巾口杯牙具，这些都不缺。客房卫生间里自然都备着。只是，没有换洗的衣物。

忽然听到有人敲门。开门一看,是何大姐。

何大姐说:"小刘,你跟我过来。"

我们穿过黑暗的院子,去了厨房。

刘师傅也在厨房里。大案上,放着两个大口袋,一个小口袋,一个油桶。何大姐指着它们说:"你看,小刘,米面粮油,都在这儿了。"

米和面,都还是满满的一袋。小口袋里装着小米。油桶里的油,也差不多是满的。我松口气。我们一共六个人,六张嘴,而且食量都不算大,这些储备,应该能支撑一段时间的。

何大姐又打开了冰箱的冷冻层,说:"肉有个三斤上下,还有点排骨和大骨棒,不多,够咱这些人吃两顿的。鸡没有了,鸡蛋还有二三十个。"她看着我摇摇头:"不富裕。"

"冰柜里呢?冰柜里没有东西吗?"我问。

"没有客人,早就不用冰柜了,费电。冰箱里存的这些东西,要是光宋老师和俺俩,撑个把月没一点问题。今年以来,宋老师不咋爱吃肉了,也就没有多备,不承想一下子把你们也都按在这里了。"刘师傅回答。

刘师傅的话,让我突然感到了歉疚。

"我俩今天真不该过来。"我抱歉地说,"把你们几个都拖累了。"

何大姐打断了我:"你这是啥话?米庐来了,陈老师能不见他兄弟？小刘你这么想就见外了！跟你说这些，是让你告诉陈老师，让他心里也有个数。虽说不富裕，不过，咱不怕，就是肉少了些，你看咱自己有菜园子，新鲜菜蔬管够。今年老刘还种了些黏玉米，眼下也都能吃了。老刘和我屋里还有一箱方便面，急了都能派上用场。"大姐条理清晰地说："咱到哪儿说哪儿的话，大鱼大肉的日子咱能过，粗茶淡饭的日子咱也能过，还能过好。不怕的。"

我心里一暖，说："是，大姐，不怕。"

夜深了。

我睡不着。夜灯昏黄地亮着。门被轻轻推开，我扭头，看嘉树进来。他走向我，俯身，看着我的眼睛。许久，我们对视。我说："你怎么回来了？"

他轻声回答："你以为我真会把你一个人撂这儿啊？"

然后，他躺下，望着我。

我把脸埋在他怀里，许久，说："嘉树，生活怎么变成了这个样子？"

这句话，许久以来，盘桓在我心里，挥之不去。

嘉树没有回答。

"不喜欢这样，"我说，"害怕这样。"

"不怕，不怕，"他心疼地说，抱紧了我，"夕颜，坚强些……"

我没说话，想，寻常的日子，寻常的生活，寻常的人间烟火，哪里去了？是它们抛弃了我们，还是我们弄丢了它们？

茫然。忐忑。就像坐上了一列不知道终点在哪里的火车，飞驰着，穿过没有星光没有灯火的黑夜。

一夜无眠。

清晨时睡着了。醒来，阳光灿烂。地球病了，但与太阳无关。与月亮无关。与金星火星水星土星统统无关。忽然有一种锥心的孤独感，和被遗弃的痛。

嘉树望着我的脸，说："夕颜，笑一笑。"

我笑笑。

"好看。"他说，亲亲我的眼睛。

大家聚在餐厅里，吃早饭。小米粥，葱花烙饼，凉拌黄瓜，还有何大姐自制的咸菜丝。粥很香，上面结一层厚厚的米油。

宋老师说："何大姐刘师傅，大家都在这里，出不去，闲着也是无聊，你们看看，给我们分配点儿啥干的？"

刘师傅说："地里草该拔拔了。"

何大姐说："中午吃包子，割点儿韭菜，摘几个茄子吧。"

于是，饭后，嘉树和米庐，跟着刘师傅去菜地里拔草锄草。我和宋老师则随何大姐去割回了韭菜，摘了茄子。何大姐和面，泡粉条，我俩择菜，洗菜，切菜。

韭菜切碎，茄子切丁。泡好的粉条也剁碎。

何大姐做了两种包子馅料，一种是韭菜鸡蛋粉条，另一种，是酱肉茄丁。没有用鲜肉，就用昨晚我们吃剩的红烧肉，何大姐搛出来改刀切成小丁，然后加工制成。没想到，竟极其入味，非常好吃。大家都吃得很尽兴。

晚饭何大姐做了一锅和子饭。小米煮粥，粥里下面条、土豆块、豆角、南瓜，稠稠的一大锅，里面炝了一种特殊的香料，叫麻麻花，也叫野葱花，香味扑鼻。又从地里现摘了水萝卜、辣椒和香菜，切碎了，拌了一大盆老虎菜。大家就着老虎菜，喝和子饭，也很有滋味。

第二天早晨，何大姐支上铁鏊子，用少许油，把昨天中午吃剩的包子煎了。她像做生煎一样，打了一个鸡蛋，加上少许淀粉，调成糊状，溜边倒进鏊子底，让包子底部连成一体。出锅时，金黄灿烂的一片，吱吱冒着油香。

我从心里佩服何大姐。深知储备不足，精打细算，却一点不让人感到日子的拮据和窘迫。这种生活的智慧，在以前，我也许根本就体会不到。而此刻，让我感动。

我跟着何大姐，盘桓在菜地和厨房。

茄子开花是紫色的。豆角花是粉中带紫。黄瓜花是黄色。辣椒开的是小白花。茼蒿的花朵像小雏菊。我愿意置身在它们中间，它们让我忘记世界正在发生着什么。我愿意拔草、锄地、整枝、打杈、浇水，愿意摘黄瓜、摘豆角、摘各种当时当令的蔬菜,也愿意给何大姐打下手,洗菜、切菜、剥葱剥蒜,看她像施魔法一样,把一些再普通不过的食材,变成餐桌上的美味佳肴。菜地和厨房,让我觉得,生活里还有着不变的东西,有着永存的日常。

我似乎一直在确认着这个。

从来也不知道,"日常"竟是如此珍贵。

冰箱里冷冻着的那些肉食,消耗得缓慢,它们似乎变得很经吃,三斤多肉,几天下来,竟还有一多半。排骨没动,大骨棒还有一半,鸡蛋也只吃了十几个。我知道,米庐和刘师傅都是肉食动物,无肉不欢,嘉树也是,可他们都能忍,好像,一夜之间,都变成了素食者。

尽管如此精打细算,储备也是一日少于一日。

祸不单行。

这天,晚饭后,嘉树突然剧烈腹痛,痛得他满身冷汗,直不起身。我们都吓坏了。先是以为他"中招"了,可是腹痛愈演愈烈,症状不像。还是宋老师有些经验,他伸出手指,在嘉树的右小腹某处按压了一下,迅速收回,嘉树疼得叫出了声。宋老师说:

"八成是急性阑尾炎,我刚才按压的地方,叫麦氏点。"

慌乱中,给外面打电话,叫120。各种交涉,主要是说明病状。120来了,把嘉树迅速抬到了车上。宋老师追着担架,一遍一遍对来人说:

"他应该是急性阑尾炎,需要马上手术,他不是中招了,千万不能耽搁!——"

但不知道人家能不能听进去这些话,也不知道按流程该怎么处置。

人抬出去,大门"哐——"地关上了。

自然是不能有随行者。我一手心的汗,趴在紧闭着的大门上,从门缝里朝外看,救护车一溜烟开走了。听着汽车声渐行渐远,消失在外面的世界。

有种生离死别的惨痛。

一直到第二天傍晚,有了他的消息。果然是急性阑尾炎,且已化脓,幸而还没有穿孔。手术是这个早晨做的,因为化脓,不能做微创,做了常规的开刀手术。局部麻醉,似乎每一刀他都有感觉。但术后,不知是麻药的缘故还是太累了,他睡着了。醒来,给我,还有青山栈的群里发了报平安的信息。

我忽然浑身瘫软。瘫坐在地上。

我在心里说:"上帝,佛祖,感谢你们,谢谢你们……"

那时我正好在院子里,正是晚霞消失的时候。一个人走过来,扶起了我。我不知道自己泪流满面。宋老师望着我,山风拂过,空气中有山野间特有的香气。他轻轻对我说:

"夕颜,等这一切过去,我会在青山栈给你和嘉树办一场盛大的婚礼。"

那一刻,我想起一句话,某本书上的话,一个日本作家写的。那句话是:我对浮世产生了眷恋。

现在,我们终于重聚在了这里。

就我们这几个人。所以,注定不会是一个喧哗热闹的场面。

不需要任何繁琐的环节。只是,交换一下戒指而已。

我们选择了黄昏,来完成这个仪式。

地点,就选了我和嘉树都喜欢的后山那片山崖。当年,是嘉树,让我和我的同伴们,生平第一次,看到了那么瑰丽辉煌那么壮烈的晚霞。

选择黄昏,不是因为习俗,也不是我们特别喜欢它,而是,黄昏给过我们太多复杂的、无解的、难以言传的思绪和心情。特别是在我们被困在这里的那段日子。

我没有穿婚纱,只是穿了一条白色的桑蚕丝连衣裙,样式是简洁的田园风格。捧在我手里的,是一大捧野花:北方夏季田野上山坡上最常见的那些花草,五颜六色,美得丰饶、蓬勃,又含蓄而收敛。我大多叫不出名字。叫不出名字又有什么关系?名字都是人类给它们起的,与它们何干?捧着它们,有时,瞬间会有一种感觉,觉得自己是大地的一部分。

我一手捧着野花,一手交给嘉树牵着。我俩牵手,

拾级而上。沿着后山的小路，穿过桃林，穿过树林，来到山崖上。他们都在这里站着，迎接我俩。宋老师、米庐、刘师傅和何大姐、二燕姐和小苏姐，还有那几位服务员，都在这里，整个青山栈在这里，迎接我俩。所有人，都是盛装。几位女士，穿了美丽的旗袍。看到他们的刹那，我眼睛湿了。

晚霞辉煌。天空在燃烧。

晚霞把每个人都烧红了。

青山栈啊。

我在心里呼喊。

站在这里的人，要见证一个开始，也要见证一个结束。我和嘉树的开始，青山栈的结束。

二十年的租期并没有到，但是，有人有意向接手，找到房主。房主领着那人来交涉，听了那个人的意图，宋老师和嘉树决定放手，交给人家来做。那个人，是真正的实干者，有很好的思路，想利用这个民宿来带动周边乡村的发展。不像宋老师和嘉树，只是票友的性质。

宋老师只提了一个条件，就是，留用现有的全部工作人员。刘师傅和何大姐，二燕和小苏姐，等等，全都留下来，继续工作。

宋老师和嘉树，他俩累了。他俩要谢幕了。

我不知道，以后，青山栈还叫不叫"青山栈"。即使它还叫这个名字，也不是我们的、我的青山栈了。

漫天的晚霞中，燃烧的大火般的晚霞中，我和嘉树，交换了戒指。

米庐提了一个无线音响。在我们交换完戒指的瞬间，音乐声忽然大作。

是圣乐般的《欢乐颂》。

> 欢乐女神圣洁美丽，灿烂光芒照大地。
> 我们心中充满热情，来到你的圣殿里……

天穹下，千山万壑间，树林里，广阔阡陌，似乎，都被这雄壮的圣乐填满。